7
ユフィリア・フェズ・パレッティア
マゼンダ公爵家の令嬢。
アニスフィアのため、
女王に即位した。
アニスフィア・ウィン・パレッティア
パレッティア王国第一王女。
魔法に憧れ、研究を続けている。
JN018542
転生王
令嬢の
The Magical Revolution of
Reincarnation Princess and Genius Young Lady....
魔
革命

CONTENTS

005 オープニング

022 1章 新たな試み

040 2章 夢を描く都市

063 3章 望まれた立場

099 4章 旅立ちの前に

137 5章 いざ、新天地へ

160 6章 新たな試み

193 7章 奥深き魔法の神秘

226 8章 強さの在り方

264 9章 剣、その手にありて

293 エンディング

314 あとがき

Author
Piero Karasu

Illustration
Yuri Kisaragi

The Magical Revolution of Reincarnation Princess and Genius Young Lady....

「ちょ、ちょっとユフィ!?
抱き上げる
「アニス、部屋に行きましょ

「……ここからじ

んな景色が広がって、
どんな風に見えるのかな」
「楽しみ

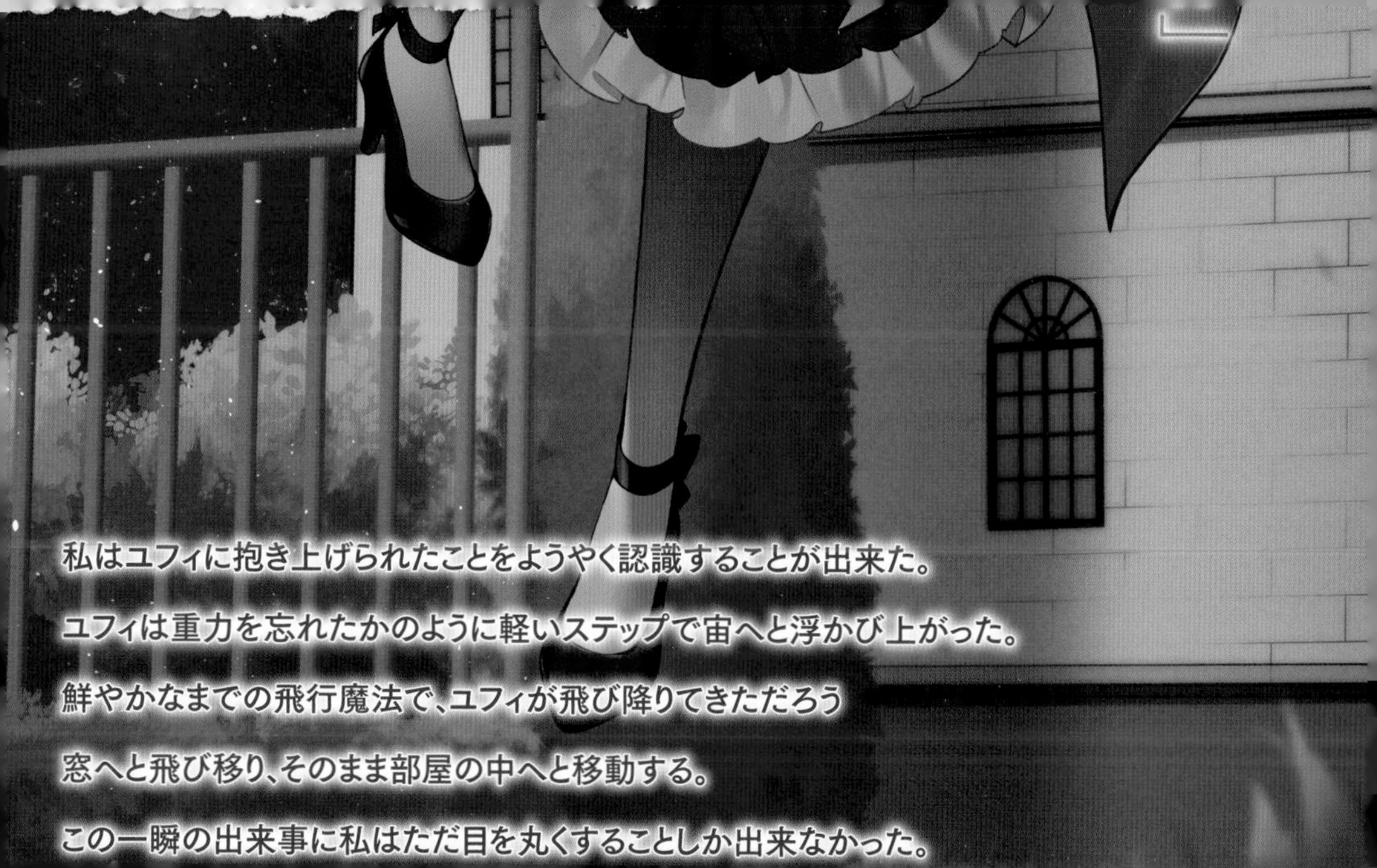
私はユフィに抱き上げられたことをようやく認識することが出来た。
ユフィは重力を忘れたかのように軽いステップで宙へと浮かび上がった。
鮮やかなまでの飛行魔法で、ユフィが飛び降りてきただろう
窓へと飛び移り、そのまま部屋の中へと移動する。
この一瞬の出来事に私はただ目を丸くすることしか出来なかった。

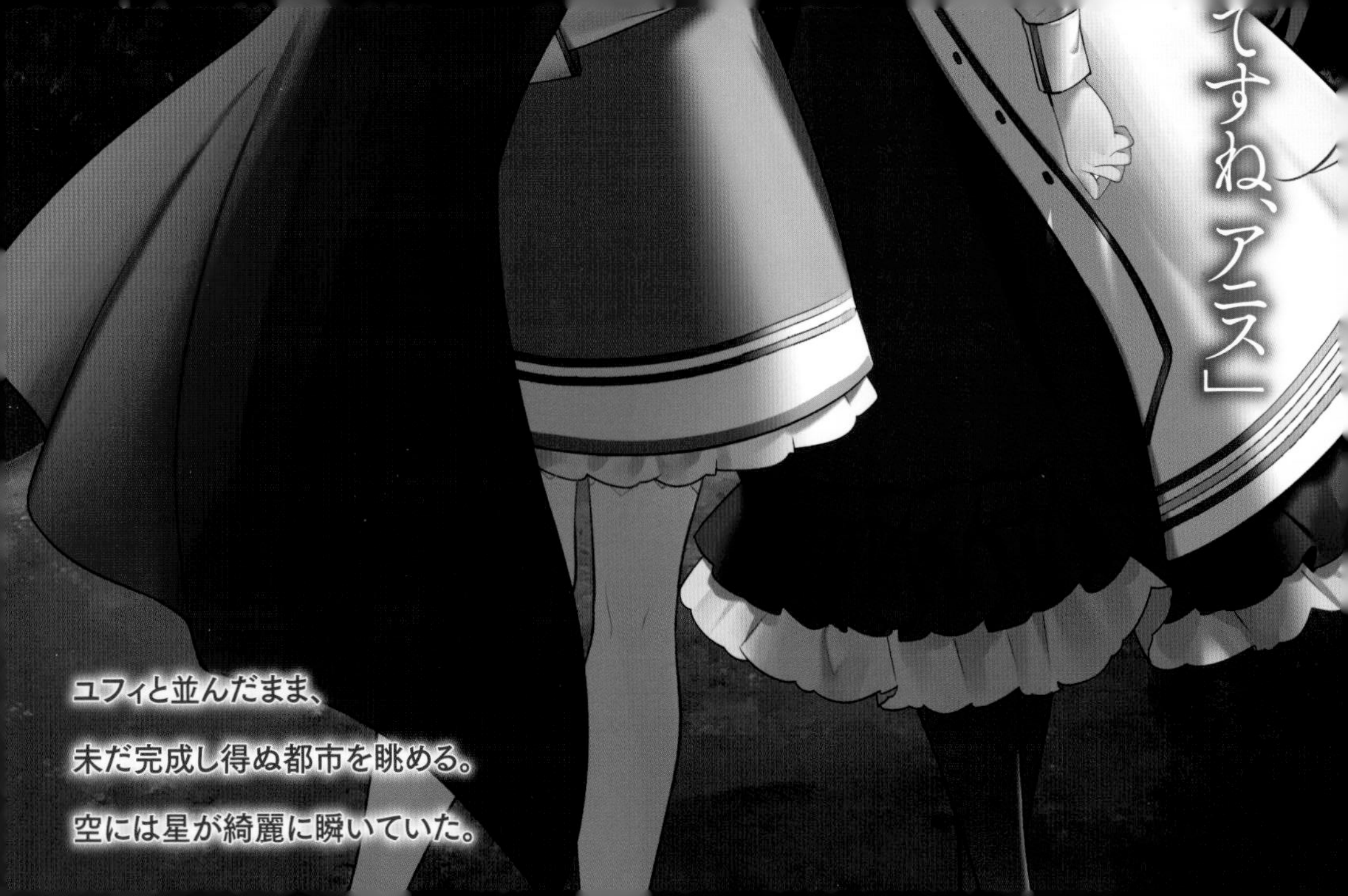
ですね、アニス」
ユフィと並んだまま、
未だ完成し得ぬ都市を眺める。
空には星が綺麗に瞬いていた。

転生王女と天才令嬢の魔法革命7

鴉ぴえろ

ファンタジア文庫

3318

口絵・本文イラスト　きさらぎゆり

転生王女と天才令嬢の魔法革命 7

The Magical Revolution of Reincarnation Princess and Genius Young Lady....

Author 鴉ぴえろ
Illustration きさらぎゆり

[これまでのあらすじ]

魔法に憧れながらも魔法を使えない王女、アニスフィア。
彼女は天才令嬢・ユフィリアを婚約破棄から救い、共同生活を始める。
ユフィリアが王になることで、彼女は魔学の研究に集中できることに。
ドラゴンの力を得て寿命問題も解決し、
ついに彼女達の"魔法革命"が本格始動する。

[キャラクター]

イリア・コーラル
アニスフィアの専属侍女。

レイニ・シアン
婚約破棄騒動の発端。実はヴァンパイアで、今は離宮の侍女。

アルガルド・ボナ・パレッティア
辺境で謹慎中のアニスの弟。

アクリル
アルガルドの領地に迷い込み、居候しているリカント。

ティルティ・クラーレット
呪いに関する研究をしている侯爵令嬢。

ガーク・ランプ
アニスの研究助手。近衛騎士団の見習い。

ナヴル・スプラウト
騎士団長の息子。現在はアニスの護衛をしている。

ハルフィス・ネーブルス
魔法の研究に功績がある令嬢。今はアニスの研究助手。

Author
Piero Karasu
Illustration
Yuri Kisaragi

The Magical
Revolution of
Reincarnation Princess and
Genius Young Lady....

オープニング

肌寒い雨期が終わって、すっかり朝が暖かくなった。

そんな陽気とは違う温もりを身体に感じて、私――アニスフィア・ウィン・パレッティアは頬を緩ませた。

「……珍しい。今日は私が先に起きたね、ユフィ」

未だに眠りの中にいる愛おしい人――ユフィリア・フェズ・パレッティア。

私は彼女の寝顔を見つめた。ただそうしているだけで、汲んでも尽きない愛おしさが胸に込み上げてくる。

彼女に抱え込まれていない逆の腕を伸ばして、ユフィの前髪を払う。ユフィは小さく呻き声を漏らしたけれど、まだ起きる気配がなかった。

「もう光の上月になるんだから、ちゃんと起きられないとダメだよー？」

パレッティア王国にとって、一年の始まりを告げる大事な月である光の上月。雨期の間は領地に戻っていた貴族たちも王都に戻り、ユフィも女王として忙しくなる。

正直に言えば、頑張り屋の可愛(かわい)い恋人はもう少し甘やかしてやりたい。だけど私たちの身分を思えば難しい話でもある。

「いや、だからこそ逆に甘やかせる時に甘やかしてあげた方がいいのかな……」

周囲に見られることを意識した立ち振る舞いが求められてしまうのが王族というものだ。

私は長い間、その責務を放棄していたけど、改めて背負ってしまうと重さと息苦しさというものを強く感じてしまう。

「まだ起きるまで時間があるし、せっかくだから寝かせてあげようかな」

「……なら、その時間を頂いても？」

一人で呟(つぶや)いていると、返ってくると思わなかった相槌(あいづち)が聞こえた。

眠っていた筈(はず)のユフィが気怠(けだる)そうにゆっくりと目を開けて私を見ている。

「あっ、ごめん。起きちゃった？　ユフィ」

「いえ、構いません。もう起きる時間ですし……」

「もうちょっとゆっくり出来るよ？」

「ええ。だからアニスの時間を頂こうと思いまして」

まだ眠気が覚めきっていない目で私を見つめたまま、ユフィが首に手を伸ばしてきた。

距離がゼロになり、暫(しばら)くお互いの熱を交換するように触れ合う。

それだけで幸せだったけれど、そっとユフィが離れていく。満足げに目を細めて微笑(ほほえ)むユフィに、今度は私からキスをしようと思った時だった。

「おはようございます！　ユフィリア女王陛下、アニスフィア王姉殿下！　入ってもよろしいでしょうか！」

ノックの後に聞こえてきたのは元気な挨拶だ。

ユフィに近づこうとした姿勢で止まった私の唇に、ユフィは指を添えた。その仕草が何とも小悪魔っぽい。

「残念でしたね」

「うぅ、時間が過ぎるのが早い。折角早く起きたのに……」

「さぁ、起きましょう。今日も忙しくなりますよ、アニス」

「うん。今日も頑張ろうか、ユフィ」

触れ合うだけのキスを一つ。それから額を軽く合わせて身体を起こす。

「シャルネ！　おはよう、入っていいよ！」

「はい、失礼致します！」

ドアの向こうへ返事をすると、入ってきたのはメイド服に身を包んだ元気な少女。

かつて視察で訪れた先で出会ったパーシモン子爵家のご令嬢、シャルネだ。

彼女は離宮のメイドを募集したところ、わざわざ領地から出て志願してきた。

顔見知りであったことや、私との相性の良さ、そして何より真面目で働き者だったのでイリアが私の専属としてつけてくれた。私としてもありがたく思っている。

「おはようございます、シャルネ。今日も元気ですね」

「はい！　それが取り柄ですので！　ユフィリア女王陛下も支度が調っておりますので、どうぞ！」

「では、私は着替えてきますね。また後で、アニス」

「また後でね、ユフィ」

ひらりと手を振って、上着を羽織ったユフィが部屋を出て行く。

シャルネが一礼してユフィを見送ると、ぴょこんと起き上がった。その仕草がバネ仕掛(じか)けの人形のようで、思わず笑ってしまいそうになる。

「それでは、アニスフィア王姉殿下の支度をさせていただきます！」

「うん、今日もお願いね」

「お任せください！　イリア様のご期待に応えてみせます！」

明るいシャルネを見ていると、実家の領地が散々だった頃に比べれば本当に元気になったと思う。実に良いことだ。

身支度を調えて貰う間、彼女がここで働くようになってからを指折り数えてみる。

「シャルネが離宮に来てから、もう半年だっけ?」

「はい、そうですね!」

「雨期の間は帰省はしなかったんだよね? 領地は大丈夫なの?」

「私はまだ働き始めたばかりですからね! あと領地のことは心配しないでください! ユフィリア女王陛下の支援もあって、持ち直してきています。これも大きな被害が出る前にフェンリルを討伐してくださったアニスフィア王姉殿下のおかげでもありますが!」

「そんなに褒めなくてもいいのに……そっか、パーシモン子爵領。パーシモン子爵も頑張ってるんだね」

かつて魔物の被害を大きく受けたパーシモン子爵領。一時は爵位の返上も考えている程だったけれど、領地の価値を考えれば惜しいということでユフィが復興を支援していた。

パレッティア王国は今、変革の最中にある。

そして、私が研究していた魔学を普及させるとなると、今よりも大量の精霊資源が求められることが予想される。

そんな中で今後、大きな資源地となり得るパーシモン子爵領がこのまま廃れてしまうのは惜しかった。

子爵の人柄も信じられたから、結果的にこの支援は成功したと言える。

その縁もあって、シャルネならよく仕えてくれるだろうという判断で今の立場に落ち着いた訳だけど、働き者なので良い縁に恵まれたなと思う。

「本日、アニスフィア王姉殿下のご予定ですが、昼前にティルティ様が診察に訪れる予定となっております」

「あぁ、そうだったね。診察かぁ……」

「はい。午後からはいつもの皆様が研究室に集まる予定となっております」

「そろそろ私たちも動き出さないといけないからね。それじゃあ、ティルティの分の昼食も用意するように伝えておいて。午後の予定にもそのまま参加するから」

「かしこまりました。伝えておきますね！」

快活なシャルネと話していると、何だか元気が貰えそうだ。私たちに恩義があるという点も大きいけれど、この性格の良さをイリアは評価したんだろうな。

「負けないように頑張らないとね」

さぁ、今日も一日が始まる。

＊　＊　＊

「調子はどうかしら？　アニス様」

「元気、元気。特に問題もなく健康体だよ！」

「そう、それは残念」

「こらこら」

朝食を食べ終わってから少しすると、ティルティが離宮へとやってきた。

私の自室へと入ってきた彼女は私の顔を見るなりそう言い放った。本当に何年経っても全然変わらないな。シャルネみたいな子が増えたから尚更顕著だ。

「問題がないのは良いことだけど……それはそれでこっちとしては困るのよ。経過観察している身としては面白くない……いえ、不安になってしまうわね」

「もう普通に言っちゃいなよ、面白くないって」

「そうね、面白くないわ。もっと一目でわかるような派手な変化とかない訳？　ドラゴンになった王女様？」

「だーかーらー、ドラゴンの力を取り込んだだけで、まだ人間の範疇ですー！」

「……これでも本気で心配してるのよ？」

ちょっとだけおどけて言った私に、ティルティは真剣な表情になってそう言った。

今は茶化す場面ではなかった。ちょっと申し訳ない。いくらティルティが相手でも今のは私が悪かった。

「しかし、〝あのヴァンパイア事件〟から一年経ったけれど、本当に見た目とかは人間のままなのよね。爪とか牙は変化させられるけど、ヴァンパイアから取り込んだ形質みたいだし、いっそ尻尾とか翼とか生えないの？」

「心配してるって言った側からその発言はどうなの？」

「それはそれ、これはこれよ」

「ティルティは私にどうなって欲しいのさ？」

「どうにかなって欲しい訳じゃなくて、ヴァンパイアに噛まれたけど、ヴァンパイアにはならなかったなんていうおかしなことになってるアニス様に異変が起きてないかどうかを気にしてるんだけど？」

ティルティが口にしたヴァンパイア事件。かつて禁忌と呼ぶに相応しい手段で己を魔物化させた魔法使いがいた。その魔法使いは後にヴァンパイアと呼ばれるようになる。

あまりの悍ましさで粛清された筈のヴァンパイアだけど、実は生き残っており、逃げ延びた後は密かに数を増やしながら隣国を装って潜伏していた。

彼等は魔法の真理を探究するため、自分たちを認めなかったパレッティア王国に復讐するため、逃げ延びた先の地で探究を続けていた。

しかし、一族の集大成であり、最悪の異端児が生まれたことで終わりが始まった。

ヴァンパイアの運命を閉ざした彼女の名は――ライラナ。

優れたヴァンパイアであったライラナは、自分の目指すべきものは永遠の世界を作り出すことだと結論を出した。全ての生命を自分に取り込み、支配下に置くという方法で。

（……今でも鮮明に思い出しちゃうな、ライラナのことは）

一年経った今でも、振り返れば思う。あの子は私のあり得た可能性の姿だった、と。

誰とも理想を共有することが出来ず、ただ魔法だけを素晴らしいものだと思って、それだけを追求して周囲に害をなしてしまう怪物。

そして、どれだけお互いを理解しても手を取り合うことが出来なかった人だ。

どこまでも怪物で、同じぐらい人らしくもあった、忘れられない相手。

そんなライラナとの戦いの際、私はヴァンパイアの頂点である彼女の力に対抗するため、ドラゴンの力を完全にこの身に取り込んだ。

その結果、私の体内にはドラゴンの魔石が再形成されて、人でありドラゴンであるという存在になった。

ティルティが私の経過観察をしているのも、そんな特殊な状態にある私の変化を見逃さないためだ。彼女の趣味であるというのも否定は出来ないけど。

「でも、この一年間、大人しくしてたから何も起きなかったんだよね」

「だからといって変化が皆無って訳じゃないでしょう？　まぁ、半分はヴァンパイアみたいなものだからレイニのカルテも参考になったけれど」

「違うのは魔力ばかりじゃなくて魔石を求めちゃうって点かな。より魔物に近いのかもしれないね、私の身体は」

　魔物は強くなるために他の魔物を、そして魔石持ちを狙うようになる。

　それを本能や衝動といったもので感じるようになった。押さえ込めない訳じゃないけれど、長い間我慢していると飢餓感に襲われてしまう。

　ドラゴンの刻印紋を通してドラゴンの魔力を使った時のような衝動、あれがより深くなったような感覚は正直、気持ち悪い。

「ヴァンパイアの魔石が人の身体に合わせて適応したのだとすれば、ドラゴンの魔石はドラゴン側に人の身体を変質させていく。そんな違いじゃないかしら？」

「おかげで、またこの魔薬のお世話になるとはね……」

「お蔵入りにならなくて良かったんじゃないの？」

「これを飲んでるとユフィの視線が痛いんですー！」

　ドラゴンの刻印紋を刻んだ際に不要になる筈だった魔薬。原材料が魔石だから、衝動を鎮めるのに服用している。今の私にとっては安定剤に近い。

だけど、元の効果が効果なだけにこれを飲んでるとユフィが凄い不満そうに睨んでくるんだよね……。

「以前ほど物騒な代物ではなくなってはいるのだけどね」

「まぁね。効能そのものを抑えて作れば、衝動だけが緩やかに和らいでいくから」

「そういう意味では大きな変化がなかったことが逆に元気の印だと思うけれど。いつもと変わったことを感じたらすぐ言うのよ？」

「私の前にユフィが呼びそうな気がする……」

「あぁ……あの事件の後、随分と過保護になったものね」

気の毒そうに声を低くして呟くティルティに、私はそっと溜息を吐く。

「大分落ち着いたけれど、下手を打ってたらもっと酷いことになってたかもしれないから。仕方ないよ……」

ライラナとの戦いの際、私はヴァンパイアにされかけてしまった。

ヴァンパイア化に対抗するためにドラゴン化して自我を保つことが出来たけれど、もし何か一つでも間違っていたら私はここにいなかったかもしれない。

私がいなくなってしまうかもしれない現実を、ユフィは目の当たりにしてしまった。その恐怖は彼女には耐えがたいものだった。

　ライラナの事件の後始末が終わってからも、私が側にいないと落ち着かない時期があったり、夢見が悪かったりと精神的に不安定だった。

「普段があまりにも完璧だから忘れるけれど、ユフィリア様って私よりも年下なのよね」

「心配かけたくてかけた訳じゃないんだけどね……」

「あんな国難になりかねない化け物が続くのはごめんだわ。ドラゴンにヴァンパイアって何なのよ。去年が平和だったことが改めてありがたく感じたわ」

「去年は本当に平和だった分、その前が本当に……」

「まぁ、アニス様が療養を兼ねて離宮に引きこもっている間にも色々とあった訳だけど。たとえば、アルガルド王子が男爵位を授かったりとかね」

　アルくんの話題が出た瞬間、私は曖昧な表情を浮かべてしまったと思う。

　嬉しくもあり、申し訳なくもあり、何だかなぁ、という気持ちが浮かんできてしまう。

「アルくんの爵位はねぇ……表向きには恩赦ということと、過酷な辺境の開拓を命じられた貧乏くじという見方をされてるけど。実際はヴァンパイアたちの後始末のためにアルくんが動くのに必要だったから与えられたものだし」

「表向き、ヴァンパイアがパレッティア王国を脅かしていたという事実はまだ伏せることになったものね」

ティルティの言う通り、ライラナやヴァンパイアの一族の存在は伏せられている。

あの時、一緒に戦ってくれた騎士や冒険者たちには勲章が与えられても良いと思うんだけれど、公表が出来ないから勲章を与えることが出来ない。

その代わりにアルくんに男爵位が授けられて、一緒に戦った騎士や冒険者たちは改めてアルくんの下臣として迎え入れられることになった。

彼等はアルくんと一緒にヴァンパイアを知る希有（けう）な存在として、陰ながら辺境の調査と開拓をすることになった。そこで一定の成果が出れば、改めて勲章を授与する予定だ。

「アルくんが辺境を開拓して領地にすればヴァンパイアや亜人たちの生き残りがいないか調査したり、保護することが出来る拠点になる。秘密を隠すにはうってつけだ」

「いずれ公開するとしても今じゃない、か……アルガルド様も大変ね」

「貧乏くじを引くのは慣れてる、って嫌味を言われちゃったよ。それでもライラナの一件で家臣になった皆と一致団結することが出来たし、隣にアクリルちゃんがいるから心配はしてないかな」

「あぁ、例のリカントの娘ね。将来はアルガルド様の嫁になるの？」

「そうなったら私としても安心かなぁ」

にしし、と笑いながらアルくんとアクリルちゃんの明るい行く末を想像してしまう。

私も人外の仲間入りをしてしまったし、どうしてもあの二人の関係や行く末が気になっちゃうんだよね！

「うまくいけば、って話でしょう？　辺境が過酷なことには変わりがないのだから」

「それはそうなんだけどね……自然は豊かだから食べていく分には困らないけれど、それだけじゃ生きていけないから」

「辺境の支援だって楽じゃないものね」

「エアバイクをもうちょっと大型化出来れば空から輸送出来るんじゃないかとも考えているんだけど、まだ無理かな？」

「そういえば、そろそろだったかしら？　王都の老朽化対策のために大規模な修繕を行うんでしょう？」

「そうそう。歴史的な文化保存のためという名目でね」

「それで〝例の話〟になった訳でしょう？」

「……まぁ、うん」

〝例の話〟とティルティが切り出したところで、私は苦笑を浮かべてしまった。

「〝例の話〟が出る前までは、王都に魔学の研究をする施設を作ったらって考えたんだけど……却下された理由が理由だからなぁ」

ってるの？」

「魔法省から反対意見が上がったのだったかしら。連中、まだアニス様を見ると震え上がってるの？」

「私を恐怖の権化みたいに言わないでよ」

「同じようなものでしょ」

ティルティが呆れたように鼻を鳴らした。思わず歯噛みをしてしまうけど、実際に魔法省との関係は良いとは言えない。

「私だって納得してるんだよ？　王都の文化保存のため、景観を維持して残すのは良いことだと思ってるし。だから王都で魔学の研究所を建てるのは止めたんだから」

「いい子ちゃんね……あー、やだやだ。すっかり丸くなっちゃって」

「大人になったと言って欲しいね！」

かつて私と啀み合っていた魔法省は、私が療養で大人しくしている間に再編が落ち着いて新しい体制で再出発を果たした。

今でも考え方の違いから意見がぶつかることがあるけど、以前の魔法省に比べればちゃんと話も聞いてくれるし、対立した時でも話し合いが出来るようになった。

ユフィは私の味方ではあるけれど、同時に貴族たちを束ねる女王でもある。全体の利益になるのだとしたら、私に我慢をお願いすることもある。

　私は以前までの環境が劣悪過ぎたので、そんなに我慢をしているつもりはないんだけど、逆に気を遣われているような気がしないでもない。下手に爆発させたくないということなんだろうけど……。

「でも、本当にいいの？　魔法省と喧嘩していないって思ってるかもしれないけれど、あの話はアニス様を王都から追い出そうとしていると言われても否定出来ないわよ？」

「大丈夫だよ。ユフィも認めた計画なんだし、今後のことを考えれば必要になるから」

　目を細めて問いかけてくるティルティに、私は気負うこともなく笑った。

　一年間、私は大人しくしていた。だけど派手に動いていなかっただけで、この計画は前から進められていたのだった。最初に聞いた時はビックリしたけどね。

　ふぅ、と溜息を吐いて、前髪を掻き上げながらティルティは呟いた。

「――まさか、魔学を研究して普及させるために〝都市一つを新造する〟だなんてね」

1章　新たな試み

〝新造都市計画〟。

その話が動き始めたのは、ライラナが起こした事件から四ヶ月程過ぎた頃まで遡る。

その日、私は王城の会議室へと呼ばれて、初めてその話を耳にしたのだった。

「新造都市計画？」

「はい、アニス。実は、そういった話が出ておりまして」

私は目を丸くしながら、ユフィから伝えられた言葉を繰り返すように呟く。

今日の会議に出席して欲しいとユフィに言われて参加したけれど、そこで告げられた内容に驚くことしか出来ない。

「話が大分纏(まと)まりましたので、頃合いだと思ってアニスを呼んだのです。この新造都市計画の責任者をアニスにお願いしたいのです」

「えーと、私を選んだ理由は？　流石(さすが)に都市を造ってと言われても……」

ユフィがどうして私を責任者にしたいのか、その意図が読み切れない。

そもそも、どうして都市を新造するという計画が出てきたんだろう？

うまく飲み込めていない私の反応を見て、ユフィが口元を緩めた。

「では、説明しますね。アニスは王都の老朽化した建物を修繕、整備を行うという話があったのを覚えていますか？」

「覚えてるよ。そこで私が魔学の研究施設を作れないか提案したからね」

「ええ。その提案に関しては王都の景観を維持し、文化を保存することを優先するということで却下しましたね」

「それについては納得してるけれど、そこからどうして一気に新造都市なんて話に飛んだの？　まさか、王都に研究施設を作るのはダメだけど、新しい都市なら作っていいよなんて言わないよね？」

「そのまさかでございます、アニスフィア王姉殿下」

私が軽く笑い飛ばすように言うと、まさかの所から声が飛んでくる。肯定したのは魔法省の若きトップとなったラングだった。

私の生誕祭の成功と精霊顕現の可能性を見せた功績から頭角を現し、その発言力は高まるばかりだ。そんな彼は神経質そうに眼鏡を押し上げながら、私を見ている。

「いやいや、ラング。流石にそれは私もどういうことって聞きたくなるけど……？」

「では、ここからは私が説明してもよろしいでしょうか？　ユフィリア女王陛下」

「よろしくお願い致します、ラング」

「今回の計画の発端は、魔学の普及が進んだことで生まれた問題がキッカケでした」

「問題ねぇ……」

「決して悪い意味ではありませんよ。アニスフィア王姉殿下の研究活動によって、パレッティア王国は新たな産業を手にしたと言っても過言ではありません。それはとても喜ばしい話だと思っております」

「うん、ありがとう。でも、ラングの言う問題って？」

「問題となるのは、魔学が啓蒙(けいもう)されて魔道具の普及が進んだ場合、魔道具に使用される精霊石の価格高騰が懸念(けねん)されていました」

「今までは国民の生活、それから国外への輸出等に使われてた精霊石の用途が増えてしまう訳だからね」

「はい。しかし、こちらの問題に関してはユフィリア女王陛下自ら資源採掘地の候補となり得る領地に支援をしたのが幸いして、急激な高騰は避けられそうです。ですので、次の問題について考えるべきではないかと思っております」

「次の問題と言うと……やっぱり研究の規模についてかな？」

「仰る通りでございます。資源に問題がない以上、魔学の発展を遅らせておく理由はありません。そして当然の話ですが、研究の規模を大きく出来るならそれに越したことはないとアニスフィア王姉殿下もお考えのことかと思います」

「それは、まぁねぇ……」

「魔学の発展はこれからも進んでいくことでしょう。しかし、いつしか新しいものばかりが王都に求められ、伝統的な精霊信仰が忘れ去られてしまう恐れもあります。そうなった時、信仰を重んじる者たちの反発が大きくなっては目も当てられません」

「それが王都に魔学の研究所を作れないか、って聞いた時に断られた理由だよね」

「その通りでございます。その件についてはご理解頂けて大変助かりました」

魔学、そして魔学によって齎される魔道具はパレッティア王国では革新的なものだ。良いものを作っていくつもりではあるけれど、新しいものばかりが良いとされてしまっては既存の文化の衰退を招いてしまう。

魔法の代用になる魔道具が広まることで、魔法によって権益を得ていた貴族たちの反発は避けられない。

急激な変化は摩擦を起こしてしまう。その影響で再び内乱にまで発展するかもしれない。それを避けるためにも、ユフィは父上たちの手を借りて政治的な調整を続けている。

ユフィが魔学を推進してても、私の思う通りに進まないのは貴族たちへの配慮もあってのことだ。残念な思いはあるけれど、当然のことだと納得している。

「しかしながら、魔学の研究施設を王都に作ることが問題であって、研究の規模を広げることに異論はありません。であれば、いっそ魔学のための都市を建設するのが良いのではないかと考えたのです。この点、ユフィリア女王陛下にも賛同を頂いております」

「私はラングの提案に賛成なのですが、アニスはどうでしょうか？」

「経緯と理由はわかったけど、本気で言ってるの……？　流石に規模が大きすぎてビックリだよ……」

　私は動揺を隠せなかった。だって魔学の研究所が出来たらいいな、って考えて提案したら断られて、かと思ったら規模が遥かに大きくなって戻ってくるなんて。ちょっとすぐには受け止められない。

　そんな私を見かねたのか、ラングが軽く咳払いをしてから口を開いた。

「この話は私たち、魔法省にも思惑があってのことなのです。現在、貴族と平民の間には深い溝が出来ています。その溝を埋めるために問題を洗い出しています。特に王都の一角がスラム街になっている問題は早急に事態解決に向けて動かなければなりません」

「あぁ、うん……そうだね」

王都のスラム街。その問題については私もよく知っていた。冒険者時代に関わることがあったからだ。

生活するにも行き場がなくて、それでもなんとかチャンスを掴もうとして王都にたどり着いた人たち。そこで仕事にありつければいいんだけど、そんな簡単な話ではない。

中には日銭を稼ぐために冒険者になるしかなくて、依頼の途中で大怪我を負ってしまい、結局どうにも出来なくなってしまう人だっていた。

そうして路頭に迷った人たちが集まって出来てしまったのがスラム街だ。この問題には父上も頭を悩ませていたけれど、具体的な解決方法が打ち出せなかった。

「スラム街については、魔学の普及によって発生するであろう需要の数々が仕事を生み出していくことで解決していくと考えられています」

「雇用さえあれば人は生活の糧を得ることが出来るからね」

「そのために国としてすべきことは受け入れるための基盤を整えることです」

「それで雇用を生み出す一環として老朽化した建物を建て直す、ってことかな？」

「はい。しかし、その間にスラム街の住人たちが住む場所がなくなってしまいます。王都の立て直しにも人を雇えますが、人手をもっと必要とする公共事業を打ち立てるのはどうかと考えたのです」

「だから魔学を研究するための都市を造ろうって？　大胆なことを考えたね、ラング」

「かのアニスフィア王姉殿下に大胆と言われるとは、恐縮でございます」

「……それ褒めてる？　貶してる？」

私がラングとそんなやり取りをしていると、ユフィがクスクスと笑い声を零した。

視線を向けると、彼女はすぐに気を取り直したように軽く咳払いをする。

「どうでしょうか？　私としては是非とも推し進めたい話だと思っています」

「嬉しい話だけど、いきなり責任者って言われてもね……」

「あくまで名目上はアニスフィア王姉殿下が主導しているということになりますが、実働に関わる人材についてはユフィリア女王陛下と協議してから選抜するつもりです」

「責任者ではありますが、あくまでアニスには魔学の研究に集中して欲しいですからね」

「えーと、私は名前だけ貸して、政に関してはお飾りであれば良いのかな？」

「アニスフィア王姉殿下が適切な部下に委任している、と言うのが正しいでしょう」

ラングは眼鏡を指で押し上げながらそう言った。眼鏡の角度のせいなのか、ラングの目がよく見えない。だけど、とても睨まれていることは察した。

「都市の管理など、政に関わる人員はこちらで宛がうつもりです。しかし、その都市を造るにしても魔学のことをよく理解した方でなければ都市の姿というものが見えてこないでしょう。それもあって、アニスフィア王姉殿下を責任者とするべきだと考えております。都市を運営する上でご意見を伺うことはあるかとは思いますが」

「うーん……わかった、そういうことなら責任者を引き受けてもいいよ」

要は都市並みに大きい研究所が出来たと思えば良い。その結果として魔学や魔道具が広まって人が集まる。その人たちが町を作って、管理自体は代理の人がやってくれる。

それなら私でも引き受けられると思う。流石に都市一つを管理しろって言われたら研究とは並行出来そうにないし。

私の返事を受けて、ラングが鷹揚に頷いてみせた。

「ご了承頂き、ありがとうございます。では、続けて話をさせて頂きますが……」

「ま、まだあるの？」

「当然です。決めなければならないことは山ほどあります。まず、アニスフィア王姉殿下が新造都市の責任者となることを了承してくださるのなら、近衛騎士団を一部独立させて、アニスフィア王姉殿下専属の騎士団とすることを考えております」

「私専属の騎士団⁉」

「それについては、私から説明させて頂きましょう」

ラングの説明を引き継ぐように声を上げたのはグランツ公だった。

グランツ公が話をしようとすると身構えてしまうのは、ユフィの反応がちょっと気になっ たからだ。

　この二人が議論を始めると火花が散るから、余波だけで胃が痛くなるんだよ。

「新たな騎士団には二つの役割を求めています。一つは、シアン男爵のように魔道具の扱いを学び、他の騎士への教導が出来る者の育成。二つは、アニスフィア王姉殿下を護衛し、魔学の機密を守って頂くことです」

「色んな意味で私の専属となる騎士団ってことだね……」

「元々、アニスフィア王姉殿下は平民や下級貴族出身の騎士から人気が高く、今後の魔道具の発展を考えれば希望者を募り、騎士団を独立させた方が良いと考えておりました」

「独立させると派閥とか出来ると思うけど、それについては？　下手すると格差が生まれかねないよね？」

　グランツ公の話を聞いて、真っ先に心配になったのはその点だ。

　今、貴族と平民の間に出来てしまった長年の溝を埋めようとしている中で、派閥が分かれてしまうようなことをしてしまっていいんだろうか？

「アニス、政治面での駆け引きが私の役割ですので任せてください。それに世情が変わりつつあるとはいえ、魔学や魔道具に疑問を抱く者もまた少なくありません」

「ユフィ……本当に大丈夫なの？」

「いずれ互いが歩み寄れるようにしていくつもりですが、すぐに変われるものでもありません。ですから私が政治でなんとかするのです。信頼してください」

私の不安は杞憂だと言うように、ユフィは満面の笑みを浮かべながらそう言った。

なら、私が足踏みをしている訳にはいかない。胸を張って全力で取り組もう。

「わかった。ユフィがそう判断するなら、私専属の騎士団を作るということも同意するよ。人手が必要になることは間違いないからね」

「都市の建設には独立した騎士団と、それから冒険者を雇用して護衛にしようと考えております。つきましては、年明けには動けるように目処を立てたいですね」

「それでは、実際に新造都市をどこに建設するのかを、今ここで検討するべきではないでしょうか？」

グランツ公が何気なくそう言った瞬間、一気にユフィとグランツ公の間にピリッとした緊張感が高まった。

ユフィはお淑やかな笑みを浮かべてグランツ公へと視線を向ける。自分に向けられていないのに圧を感じるのに、当のグランツ公は平然としている。

そんな二人の様子に、皆が関わりたくないと言わんばかりの空気を醸し出す。

「マゼンタ公爵。新造都市の建設地については、アニスの都市案を聞いてからでも遅くはないですよね？」

「遅くはありませんが、候補の選定なども並行して進めるべきではないかと。ユフィリア女王陛下のご采配した貴族たちの綱紀粛正。その影響で領地の返還を申し出る貴族も多数出ており、各領地の調整が必要となっております」

「あー……もしかして、新造都市計画を進めようとしてるのも、そちらの件と関係していたり？」

「その通りでございます、アニスフィア王姉殿下」

グランツ公が肯定してくれたことで、私はまた一つ納得することが出来た。

ライラナが起こした事件の後、私が療養している間にもユフィは国政で忙しかった。

中でも力を入れていたことの一つに貴族たちの綱紀粛正があった。これから平民との溝を埋めるためには貴族たちも襟を正さなくてはならないと考えたからだ。

調査の結果、パーシモン子爵領のように何らかの魔物被害や天災によって領地の運営がままならない状況にあったりとか、私欲を満たすために過剰な税を取り立てていたりとか、問題がある領地が幾つか確認された。

その結果、王家に領地を返還したり、酷(ひど)ければ取り上げられるという状況となった。

土地を浮かす訳にはいかないので、現状は王家が管理しながら近くの領地と統合するのか、新たな貴族を領主として置くのか、日夜議論が交わされている。

そうか、それもあって魔学のための都市を新造しても良いという判断になったんだ。

「今回の会議で選定まで進める必要はないかと思いますが、本格的に都市の建設が始まればアニスフィア王姉殿下には責任者として現地に赴くことが増えるでしょう。早期に決めれば調整もしやすくなり、周囲の領主からも協力を得られます。つきましては、ユフィリア女王陛下のご裁可を頂くためにもご協力を頂ければ」

「……そうですね、マゼンタ公爵。この新造都市は今後のパレッティア王国の未来において重要な役割を果たすでしょう。重要度が高いので、先に決定しておくことに越したことはありません。アニスの意見を聞いて早期に候補を選定致しましょう」

ユフィは澄ました表情をしているけれど、若干目が笑ってない。そんなユフィを見て、グランツ公は頷くのだった。

＊　＊　＊

「わかってはいるんですよ、アニスは新造都市の責任者として現地に赴かなければならなくなります。それに私は付いていくことは出来ないですし！」

「うんうん、わかるよ……」

「受け入れなきゃいけないってわかってるんですよ！　なのにあの人は私の心情を知ってか知らずか、ねちねちと嫌なところばかりを……！」

「おー、よしよし。ユフィは偉い、頑張ってていい子だね」

「もっと撫でてください……」

　何とも緊張感のあった会議が終わったその日の夜、ユフィは私のお腹に顔を埋めるようにして抱きついていた。

　ぐりぐりと頭を押しつけながら全力で脱力している姿は、女王として振る舞っている時のユフィと比べるとかなりギャップがある。

　これは重症だな、と苦笑してしまう。必要なことではあると思うんだけど、痛いところを突いてくるんだよね、グランツ公は。

「王都を離れる、か……」

　自分で口にしてみても、まだ実感が湧いてこない。冒険者をしていた頃は離宮を飛び出すことも多かったけれど、それでもここが私にとって帰るべき場所だった。

　離れる時が来たとしても、それはこの国に居場所がなくなった時だと思っていた。それがまさか都市を造るためなんて、夢にも思わない。

私の呟(つぶや)きが届いたのか、ユフィが私を抱きしめる力が強くなった。少しだけ呼吸が苦しくなってしまう。

「……行って欲しくありません」

「うん、わかってるよ」

「ずっと私の側(そば)にいて欲しいです。少しの間だって、アニスと離れたくないんです」

全力で甘えてくるユフィだけど、それが微笑(ほほえ)ましい理由ばかりじゃないのは私も理解している。

ライラナとの戦いの際、もしかしたら私を失ってしまうかもしれなかった衝撃はユフィの心に深く傷を残した。

精霊契約者になってから超然としていた部分があったけれど、私の前ではそんな一面が引っ込んで、幼子のような顔が出てくるようになってしまった。

私も療養が必要だったけれど、ユフィにとっても精神を落ち着かせるために必要な時間だった。今では大分落ち着いてくれてホッとしてる。

それでも、いざ離れるとなったら不安になってしまうのも当然だ。これからは一緒にいられる時間も短くなってしまうだろうから。

「……ユフィ。王様、辞めたい？」

ユフィの頭を撫でながら私は問いかける。ユフィはぴくりと肩を揺らしたけれど、何も言わなかった。

女王としてこんな姿を臣下たちに見せる訳にはいかない。だから外に出てしまえば完璧なユフィに戻るだろう。

でも、それは外殻のようなものだ。硬い殻の中には脆くて儚い一面が隠れている。

私は知っていた筈だった。ユフィだって完璧じゃないって。どれだけ偉業を成し遂げても一人の女の子であることを。

それでもユフィは私のために重い宿命を背負ってくれた。その覚悟に報いたいと心から思っている。でも、時々どうしようもなく全てを投げ出して欲しくなってしまう。

「アニス、私は王様を辞めませんよ」

ユフィが私のお腹に埋めていた顔を上げて、私と真っ正面から向き合う。

とても穏やかな表情だった。さっきまで駄々をこねる幼子のような態度だったのに、その名残を感じさせない。

「私のワガママでアニスの夢を諦めさせるなんて、それこそ死を宣告されたのにも等しいです。貴方の役に立つと選んだ道なのに、逆に足を引っ張るだなんて自分で自分を殺したくなってしまいそうです」

「私はユフィに無理をして欲しくないんだよ」

「今だけですよ。……そうでしょう？」

ユフィは笑みを浮かべた。心から喜んでいるようにも見えるし、同時に何故か泣いているようにも見える。複雑で、曖昧で、美しくも繊細で歪なガラス細工のようだ。

「私たちは、あとどれだけ表舞台に立てるでしょうかね……」

ユフィが零した小さな呟き。それに私は重い息をゆっくりと吐き出してしまった。

言葉にすれば考えてしまう。意識を向ければ現実が見えてきてしまう。私たちに残された時間という問題。

「いずれ、私たちは主導する立場を次の世代に譲らなければなりません。私たちの時間は人と隔てられてしまいました」

「人でいられる時間、か」

ユフィは精霊契約者として。

私はドラゴンになった者として。

私たちの得た時間は途方もなく長いものだ。だから、私たちは今の立場を退かなければならない。

退かなければ、かつて起きてしまった精霊契約者の悲劇を繰り返してしまう。

永遠にして強大なる絶対者による統治。そこに人が頼り切りになってしまうことを許してはいけない。

やがて、私たちの時間は普通の人と決定的にズレていく。それは決まってしまった未来だ。その前に成し遂げたいんだ。二人で始めたこの革命を。

「王でいられるのは今だけです。だから、私は王様であることを頑張りたいんです。アニスの夢の先を一緒に見たいですから。私が胸を張っていられるように応援してください」

「……うん」

祈るようにユフィは私にそう告げた。込み上げてくる愛おしさをそのまま伝えるように抱き寄せる。

こんなにも真っ直ぐに私を認めてくれる。これまで何度、彼女がいてくれることのありがたさを感じただろうか。

だからこそ大事にしたい。大事にしたいから、辛かったら諦めてもいいよと言ってしまいたくなる。

でも、それを言われるのが嫌なのだとユフィは笑う。だから、私はこの子に報いたいんだ。それなら私だって前に進むしかない。

一緒に見たいと言う夢を形にするために、喜びも苦しみも共に背負っていくんだ。

誓いを嘘には出来ない。何度も止めた方がいいんじゃないかと思っても、気の迷いだと言い切れるから。

「頑張ろうね、ユフィ」

「はい。だから、頑張るためにもっと甘やかしてください」

そう言いながら、また私のお腹に顔を埋めるように抱きついてきた。触れる息がくすぐったくて、少しだけもどかしい。

「もう、すっかりワガママになっちゃったんだから。……それは元々かな？」

「どこぞの誰かさんの影響じゃないでしょうか？」

「なにおう？」

クスクス笑って、互いの体温を感じられるように触れ合う。

好意を確かめる時、どこが好きってよく聞くと思う。それに全部って答えてしまうのがわかっちゃう。

だって、ユフィの全てを愛さずにはいられないんだ。だから、全部好きなんだ。

「大好きだよ、ユフィ。愛してる」

「私もです、アニス」

2章　夢を描く都市

魔学の研究を行うための都市を新造する。

その話は普段から魔学に関わっているハルフィス、ガッくん、ナヴルくんにも伝えられることになった。

「新しい都市、ですか……話を聞けば納得がいく理由ではありますが、それでも驚いてしまいますね」

ハルフィスが指で眼鏡の位置を調整しながら、感嘆の息を零す。

「近衛騎士団の一部が独立してアニス様専属の騎士団になるってのもすごい話だよな」

「……アニスフィア王姉殿下に無茶ぶりをされ続ける未来が今から見えますが」

ガッくんはただただ驚いたように、ナヴルくんは険しい表情で小さく呟く。

反応に差はあるけれど、概ね驚きというところは共通されているようだった。

「皆に集まって貰ったのは、新造都市をどこに造るのかの参考意見が聞きたかったんだ。場所の候補は教えて貰ったんだけど、一緒に考えて欲しくて」

「それは難しい問題ですね……」

「土地の問題はいつだって悩ましいよなぁ……」

「そうなんだよね……都市や領地の管理は別の人がやってくれるとは言うけど、じゃあ私が何も考えずに決めて良い訳じゃないでしょ？　だから皆の意見が聞きたくてね」

ハルフィスとガッくんが何とも言えない微妙な表情を浮かべるので、私も溜息交じりになってしまう。

自分が出来ないことを他人にお願いするのはいいんだけど、かといって何も配慮もせずに決めては誠意に欠けてしまう。

一応、療養している間に地理の勉強はしてたけれど、魔学の責任者としてやらなきゃいけない業務と並行して出来るかと言われると難しいと言わざるを得なかった。

そんなことを考えていると、顎に手を当てて考え込んでいたナヴルくんが口を開いた。

「アニスフィア王姉殿下。まず、今回の都市は魔学の研究や普及を行うために建設されるんですよね？」

「そうなるね。今後、魔学研究と魔道具開発の中心地になっていくと思う」

「であれば、あまり国の中央から離れるのは避けるべきかと思います。流通の起点となり得る可能性を秘めていますからね」

「……確かに。それはあり得るね」

魔学や魔道具は今後、パレッティア王国で根付いていくことは間違いない。それはつまり新しい文化の発信地になる可能性があるということだ。

交通の便を考えると、中央寄りの立地を選ぶのはありだと思う。

「建設予定地の周辺領地の貴族との折衝がうまくいくかも考えた方が良いかと思います」

「う、うーん……正直、どこを選んでも角が立つんじゃないかな？」

「そうなってしまいますね……それだけ魔学や魔道具の影響力が大きいから、とも言えなくはありませんが」

「嬉しいような、嬉しくないような、複雑な気持ちになるね……」

どうしたものかと、私は候補地に印をつけた地図を眺める。すると、ふと気になるところに目が向いた。

「改めてこうして地図を見ると、川辺を避けて都市が出来てるんだね」

「水辺は魔物が寄ってくるので、避けてきましたから」

「水は生きていくのに大事だからね……」

その点、パレッティア王国には魔法や精霊資源がある。これによって水の確保が容易なので、水辺から離れた場所でも暮らしていくことが出来る。

だから水辺に集落を作るようなことをしないのだ。最初は致し方ないという状況だったと思う。それがいつしか常識として、水辺に集落を作ってはいけないと認識されるようになったのだろう。

ちなみに王都の側にも大きな湖があるけれど、あれは建国時代に初代国王が魔法によって作り出したと語られている湖だ。

今でこそ王都の周辺にも魔物がウロついてはいるけれど、元々の地形を考えれば不毛の地に近かったんじゃないかと推測されている。

不毛の地を人が生きていける土地にしたと考えると、本当に精霊契約者だった初代国王の偉業というのは凄いものだと思ってしまう。

「あーっ、私も何かあっと驚くような計画を立てて皆から賛同されるような都市計画にしたい！　皆が賛成してくれたらこんなに頭を悩ませてないのに！」

「アニス様なら何か思いつくんじゃないんですか？」

「軽く言ってくれるね、ガッくん。思いつかないからこんなに呻いてるんじゃないか」

「そういうもんですかねぇ……？　アニス様は結果で黙らせるイメージがあるもんで」

「それは否定しないけど、流石に都市となると私だってねぇ……」

「他の貴族たちは無視して、アニスフィア王姉殿下はどんな都市が良いのでしょうか？」

興味が出たのか、ハルフィスがそう問いかけてきた。その質問を受けて、私は腕組みをしながら考えてみる。

「私の理想図ね……そうだなぁ。まずは大きな魔学の研究所があることでしょ？　あと、職人もたくさん呼びたいよね。色んな物を作るのに専門分野の人がいてくれたらいいし。それから交通の便も良くしたいから立地にはこだわりたいし……」

指折りで数えながら自分の要望を纏めてみる。

こうして自分の考えを口にしていくと、まだぼんやりとしているけれど必要なものが見えてくるような気がする。

「あとは、あまり政治的に面倒ごとが絡まない場所がいいかな……」

「それは無理でしょう……」

「ナヴルくん、流石に私でもわかってるよ。言ってみただけ……」

「今、王家が直轄している領地にアニスフィア王姉殿下が手を入れれば、そこで何かしらの利益が発生しますからね……」

ハルフィスも資料を手に取って難しげな表情を浮かべている。

魔学は最早、国家事業だ。貴族も平民も問わず、発展と共に地域が恩恵を受けていくことになるのは間違いない。

恩恵を受けるということは利益があって、利益がある以上は人が集まってくる。当然の摂理ではあるけれど……。

「いっそ、辺境にでも行く？」

「それは目的とズレてしまいますので……」

「そうだよねー……」

唸りながら私は地図と睨めっこを再開する。

誰も見向きもしなくて、でも将来的にはそこが中心点になれたら良い。そんな場所がないかなぁ。

「今、流通が盛んなのは西部だよね。そこを考えると西かな……？」

地図を指でなぞりながら考えてみる。案外、道というのは真っ直ぐ繋がっているものではないんだな、と再確認する。

色んな町をなぞるように点と点を結び、それが街道として発達しているのがわかる。

これって結構、遠回りだなぁ。飛行用魔道具を使えば、ここを真っ直ぐに移動することが出来るのに。

「……真っ直ぐ、結ぶ？」

「？　アニスフィア王姉殿下、どうかされましたか？」

「ねぇ、ナヴルくん。ここも王家の直轄地だよね？」

「……ここは確かに直轄地ですが、今は人も住んでいません。過去にも開拓を試みましたが、近くに大きな川があったことが災いして失敗したという記録が残っています。その後、領地が返還されて手付かずになっています」

「仮定の話だけど、もしここに都市を築くことが出来たら王都と西部の大きな都市を繋ぐ中間点になれるよね？　過去に開拓しようとしたのも、それが理由じゃない？」

私が示したのは、王都と西部の中間にある空白地帯だ。

話を聞いたナヴルくんは手で顎を摩（さす）りながら考え込む。けれど、その表情に快い色は見えそうにない。

「実現すれば素晴らしいことだと思います。ですが、この周辺一帯には大きな川があることが難点です。魔物の襲撃頻度はどうしても増えてしまうでしょう。その点についてはどうされるつもりですか？」

「使えるものは何でも使うよ。私の専属騎士団が設立されるし、ここを開拓する前提で人員を集めて貰えればどうかな？　魔物が攻めてきても、今なら魔道具で戦力が底上げされてるし、私だっているよ？」

自分を指さしながら言うと、ナヴルくんはとても嫌そうな表情になった。

そんなナヴルくんとは対照的に、腹を抱えて笑い出したのはガッくんだ。

「はははは っ！　確かに！　ドラゴンを倒した英雄で、裏ではヴァンパイアすらも退けたアニス様がいるって思えば相手になる魔物がどれだけいるかって話だ！」

「笑っている場合か、ガーク……そもそも専属の騎士団を立ち上げるという話はアニスフィア王姉殿下を前に出させないためでもある。これでは本末転倒になるだろう」

「それを言ったらそうなんですけど、アニス様に勝てそうな人なんて数える程じゃないですか？」

「それは言うな……」

コントみたいなやり取りをするガッくんとナヴルくんに思わず笑ってしまった。

私の立場も今となっては重たいからね。ナヴルくんの言う通り、私に騎士団が付けられるのは、私が前に出ないようにするためなのは間違いない。

「無理には出ないから安心して。でも必要な時が来たら躊躇うつもりもないよ。だから安心して後ろは任せて欲しいな」

「……精進致します」

「それに川辺に都市を造ることに関して、ちょっと考えていたこともあってね」

「考えていたことですか？」

「水力……川の力を動力にして利用する装置を作れないかな、なんて思ってね」

「川の力をですか……？　水車とかですよね？　何かの魔道具として作るんですか？」

ハルフィスが不思議そうに首を傾げながら問いかけてくる。そこで魔道具という発想が出てくることに少し驚いてしまった。

むしろ、私が考えていたことはまったく真逆のことだ。

「私が言うのもなんだけど、魔法ばかりに頼るのはどうなんだろうね？　魔法にせよ、魔道具にせよね。結局、魔法があるから様々な問題が起きてきた訳でしょ？」

「それは、そうですが……」

「私は魔法に憧れてるし、偉大なものだと思ってる。今までの貴族の功績を否定するつもりもない。でも、貴族が魔法という力を持っていたからこそ利権が独占されて、内乱まで起きてしまった」

「だから、魔法にばかり頼るべきではないと？」

眉間に眉を寄せたナヴルくんが問いかけてくる。それに私は頷いた。

「魔法も選択肢の一つになれば良い、と思ってるよ。魔法そのものは便利だからね。でも万能とも言い切れないでしょう？　それこそユフィでもない限りは」

「そりゃユフィリア様と比べられたらなぁ……」

ガッくんが複雑な表情を浮かべて、腕を組む。

精霊契約も成し遂げてしまったユフィと比べれば、多くの人たちが凡才だと言われてしまうのは避けられない。

でも、ユフィのような人が何人もいる訳じゃない。人によって得意、不得意な魔法がある訳で、そう考えれば魔法というのも数ある力の内の一つでしかないとも言える。

こういう風に考えちゃうのが信仰的にはよろしくないのは身に染みてるんだけどね。

「ほら、精霊資源も魔道具の普及で減るかもしれない、って懸念があったでしょ？　だから、自然の力を利用することが出来れば、と思って」

「つまり、資源の節約のためですか」

「それに魔法だって永遠じゃないよ。いつか廃れてしまう日や、使えなくなってしまう日が来るかもしれないでしょう？」

私がそう言うと、ハルフィスたちは目を見開かせて驚いた。思っていたより三人が驚いたように見えたので、ちょっとだけ焦りながら補足する。

「あくまで可能性があるってだけだよ？　いつか魔法が誰にも使えなくなってしまうかもなんて、そんなのわからないでしょ？」

「……魔法が使えなくなる可能性、ですか」

「考えたこともありませんでした……」

「それは当然、魔法が使えなくなるなんて想像したくないことでしょ。考えたことがないのが普通だ」

「……当たり前にあるもの、と言われればその通りです。ですが気付いてしまった以上、意識はしてしまいますね」

ナヴルくんは眉間を揉み解しながら深く溜息を吐いた。ハルフィスも軽く深呼吸をして自分を落ち着けている。

そんな中で割と平然としているガッくんがぽつりと呟いた。

「でも、初代国王様だって最初は魔法を使えなかった訳ですよね？　それじゃあ、いつか俺たちの子孫が魔法を使えなくなる時が来るのかもしれないなぁ……」

「……ガーク、恐ろしい想像をさせるな」

「いやいや、実際に魔法を使えないアニス様がいるだろう？」

「……ッ！　大変申し訳ありませんでした！　なんという失言を……！」

「あー、いや、うん。気にしないでいいよ？　私は大丈夫だから」

ガッくんに指摘されて、ナヴルくんが一気に顔色を変えて私に跪いた。あまりにも申し訳なさそうな態度に呆気に取られてしまう。

私は軽く慌てながらも気にしていないことを伝え、ナヴルくんに頭を上げて貰う。

「配慮が足りませんでした。アニスフィア王姉殿下の境遇を把握していながら、とんでもない失言を……本当に申し訳ありません」

「いいって。ナヴルくんに悪気がないことはわかってるから。ただ注意はしてね？　他の人の目があるところで聞かれたら今は危ないし」

「はい……」

「それに貴族にとっては魔法があって当たり前のものなんだ。だから私とは感覚が違うんだから仕方ないよ」

「アニスフィア王姉殿下……」

ハルフィスが痛ましげな目で私を見た。これは何を言っても気を遣われるな、と悟ってしまう。

なんとか取り繕うとしたけれど、ふと思い留まって止めた。大きく息を吐いて、三人へ改めて向き直る。

「でも、そうだね。私みたいに一切魔法が使えない人じゃなくても、ただ単純に魔法の実力が伸びない子だっているでしょ？　その子は貴族として生まれたら、ただ不幸なことにしかならないよね……」

「それは……」

「それがこの国のルールで、パレッティア王国が秩序を保つために必要なことだったとは理解してる。でも、その陰で犠牲になっている誰かがいる」

本当は誰にも犠牲になんてなって欲しくない。心からそう思ってる。

でも、誰かが背負わないといけないことだってある。その犠牲を本人が望んだものだとしても、その人を想う周囲の人たちはどんな思いを抱くだろう。

私だってユフィに女王になる道を進ませてしまった。進んだ道を戻ることはもう出来ない。どれだけ苦しくたって前に進むことを止めてはいけないんだ。

「私は可能性を与えたい。どれだけ魔法が尊いものであっても、それだけあればいいなんてことになって欲しくないから。いずれは魔法の力に頼らなくても自然にある色んな力を活用する技術が発展していくかもしれない。そしたら魔法の数ある一つに収まるかもしれない。平民が魔法を頼らなくても魔法に負けず劣らずの物を作ることが出来る未来がね」

「……そんな未来、実現するものなのでしょうか？」

「わからない。でも、そうなってくれたら私たちの見えている世界はもっと豊かになると思う。私は、この都市がその夢に続く第一歩になって欲しいと思う」

ハルフィスの小さな問いかけに、私は祈りを込めてそう呟いた。

　地図を指でなぞりながら、私は思いを吐露する。三人とも神妙な表情になって黙り込んでしまった。

「……魔法がなくなる可能性、指摘されれば考えない訳にはいかないですね」

「もしも、そんな時が来ても魔学や魔道具って選択肢があればいいでしょう？」

「未来への備えということですね？」

「だって面白そうでしょう？　魔法を使わなくても魔法に負けないものを作ろうなんて。魔法にだけ拘りすぎることで多くの問題が出てくるなら、それ以外の手段だって用意すれば良い。同じ過ちを繰り返したくはないんだ。この国の歪みや、ヴァンパイアは全て魔法に執着してしまったために生まれたものだから。勿論、魔学だって扱いを間違えれば魔法と同じぐらい危険なものに成り果てる可能性はある。結局は扱う人の問題だ」

　過ちを知らなければ、人はそれを過ちだと知ることもない。同じことを繰り返さないためにも過去の教訓まで断絶してしまうようなことは避けないといけない。

「まぁ、これは起きるかもしれない未来の話だから。今不安に思ってても仕方ない。それに私は魔法が素晴らしいものだと信じてる。でも、それを闇雲に信じてるだけだと道を踏み外してしまうかもしれない。止めてくれる人がいないと、間違った方向にしか進めない。その先で多くの人が不幸になってしまうかもしれないから」

「そうですね……」

「不幸中の幸いだけど、私たちは誤った道の先に進んでしまった人たちの末路を知ることに恵まれた。その私たちが同じ過ちを繰り返す訳にはいかない」

脳裏に思い浮かべるのはライラナとヴァンパイアたちのことだ。

彼女たちは魔法に執着した結果、道を大きく踏み外して自らの滅びを招いてしまった。

ライラナの願いを退けた身として、同じ失敗を繰り返してはならない。

「私もアニスフィア王姉殿下の仰(おっしゃ)る通りだと思います」

ハルフィスが神妙な表情で静かに頷いている。黙ってはいるけれど、ガッくんとナヴルくんも思うところがあるのか真剣な表情だ。

「もちろん、私たちが間違わないなんて保証もないからね。だから可能性の幅を広げたいんだ。そのために魔学は発展させたいし、魔法だって大事にしたい。全てを同じだけ大事にすることは出来ないけど、出来る限り多くのものを拾えるようにしたいね」

それに魔法と魔道具は相反するものではない。二つの力を合わせればもっと多くのことが出来るようになる。

懸念はあるけれど、同じぐらい希望に満ちている。不安になるだけじゃなくて、ちゃんと認められたことも受け止めて向き合っていくことが大事なんだ。

「魔法が全てじゃない、か……」

「……少なくとも魔法の才能に恵まれなかった私としてはわかるような気がします」

ナヴルくんとハルフィスが感じ入った表情で頷いている。

ちょっと大袈裟(おおげさ)に語りすぎたかな。少し恥ずかしい。そう思っていると妙に真剣な表情のガッくんが口を開いた。

「俺は難しい話はちゃんと理解出来てるかわからないですけど、要はもっと色んなことで人が幸せになれるように頑張ろうってことですよね？」

「ガッくん、君って奴(やつ)は……いや、間違ってないんだけどねぇ」

なんだか思いっきり肩の力が抜けてしまった。私だけじゃなくてナヴルくんもがっくり肩を落としてから、眉間を揉み解していた。

そんな様子を見てハルフィスがクスクスと笑う。それをキッカケにして空気が変わったので、話を戻してしまおう。

「それで自然の力を利用することも、魔法を使うのと同じぐらい可能性に満ち溢(あふ)れていると思うんだ。その場所限定の力とは言えるけれど」

「まだ魔道具の数が少ないから目立っていませんが、あらゆる場所で魔道具が使われるようになれば一体どれだけの精霊石が消費されることになるか……それを思えば予(あらかじ)め備えておくことは大事だと思います」

「精霊石は他国との取引にも使われるものですからね……」

「今の供給量と、開拓出来てない土地のことを考えれば枯渇するとは思えないけどね」

それでも万が一って場合がある。実際、他の国ではパレッティア王国ほど精霊石を採掘することが出来ないって聞くし。

これは母上から教えて貰った話だ。外交官を務めていたことがある母上は他国の事情にも精通している。そんな母上から聞いたのは、パレッティア王国の特徴は魔物が大量に出没し、精霊資源が豊富であることだ。

他国では魔物の数もパレッティア王国ほど多くはなくて、その代わりに精霊資源も量が取れないらしい。

パレッティア王国は守護者である強力な魔法使いと、豊富な精霊資源を背景にして成り立っている。

父上が全体の和を尊び、貴族間の利害を調整することを主に置いて政治をしていたのは貴族の数を減らさないためだ。下手に減らせば国力が下がるため、強く出ることも出来なかった。

その点、ユフィは反則とも言える精霊契約者だ。精霊信仰の象徴でもある自身の功績を利用して改革を推し進めている。

複雑ではあるけれど、これが本当に効果抜群なので何とも言えない気持ちになる。

「それで話を戻すけど、私が要望を出すからどうやったら理想の都市が実現出来るか皆でアイディアを出し合ってみようか」

私は軽く手を叩くことで皆の注目を集めてから、話を戻した。

「まず川の力を利用する研究もしたいから、川辺に都市を造るという前提で話をしようか。問題になるのが魔物襲撃の頻度が上がることだね。私がいるからある程度、問題ないとして進めます」

「大問題ですが、アニスフィア王姉殿下がそのように仰るのであれば問題がないという前提として話を進めましょう。ただ、やはり防備を充実させなければなりませんね」

「城壁が必要だよね。あとは守りやすい地形であることも重要かな？」

「それは大事ですね。襲撃の察知のためにも見晴らしがいいと尚良いかと。丘の上などが望ましいと思います」

次々と出てくるポイントを書き連ねていく。

主に意見を出しているのはナヴルくんだけど、彼が重要視するのは防衛という観点だ。

そこにハルフィスが研究者の視点で意見を出してくる。

「実際に都市が出来てからになると思いますが、アニスフィア王姉殿下は川の動力をどのような用途にお使いになるつもりなのでしょうか？」

「そうだねぇ。水力で軸を回転させることで、自動で小麦を引いたり、水桶の中身を回転させて洗濯をやってもらうとか？」

「それは……実現出来れば生活の水準が大きく変わりますね」

「私としては、どうしてそういうことに魔法を使わないのかな、と思う時もあるけどね」

「魔法は魔物の襲撃に対しての備えである必要がありますから……」

「それはそうなんだけど、辺境だと割と貴族だろうと自分のことは自分でやらないと困るからやれってやらされたなぁ」

「むっ……そうか、地域差があるのか。また思い至りませんでした……」

「ナヴルくんが悪いとは思わないよ。魔法使いの価値が軽んじられるようになっても困る訳だし」

「特に私たちよりも上の世代は貴族としてどうあるべきか拘る傾向にあるかと思いますね。私の実家も貧困とは無縁でしたし、裕福な貴族ほど格に拘るのかと」

「ハルフィスの言う通りだし、それは家が積み重ねてきた実績でもあるしね。そこに誇りを抱くことは間違いじゃないよ」

「でも誇りじゃ腹は膨れないし、生活が苦しい人にとって名誉よりも日々の暮らしを良くする方が大事ってだけの話ですよ」

「ガッくんの言うことも一理ある。満たされてこそ、次の段階ってことだよね。そこがズレてるからなかなかわかり合えないんだと思うよ」

「成る程……知っていても考え方というのはすぐに切り替えられないものですね……」

「そう簡単に変われるなら世界はもっと平和になるよ。これも人の性だね」

ナヴルくんはアルくんの側近候補に選ばれるくらい家の格が上に位置しているから、そこで培った感覚というのはなかなか抜けないんだろう。

それでも誠実に向き合おうとしている姿には好感を覚える。真面目すぎるのが玉に瑕だけど、そこは適度に不真面目なガッくんとバランスが取れてる。

「魔道具が量産されていけば、魔法が戦うための力として求められなくなるかもしれない。そうしたら魔法は便利な力に変わっていくことだって出来る。そしたら、きっと世界はもっと楽しくなるでしょう？」

「……そうですね。新しい都市がその先駆けになるのかと思えば、これは間違いなく歴史に名を残す偉業となることでしょう」

「いやいや、ナヴルくん。それは流石に大袈裟だと思うよ？」

「アニスフィア王姉殿下のしたことが大袈裟でなかったら、大凡の人は大袈裟じゃなくなると思いますけど？」

「ガッくん、不敬カウント」

「不敬カウント!?」

「この馬鹿が……」

「ははは……」

考え込みやすいナヴルくんを脱力させるガッくんに、それを見て反応に困ると言うように笑うハルフィス。

真面目に考えるばかりだと肩の力が抜けなくなるから、やっぱりこれで良いと思う。

そうして私たちは緩みすぎない程度に雑談を交えつつ、都市案を纏めていく。

「うんうん。大分アイディアが固まってきたかな。どうかな、皆？」

私はある程度、構想が纏まったのを確認してから皆の反応を窺った。

すると、まるで全員が夢から覚めたように真顔だった。眉間に寄った皺を揉み解しながらナヴルくんが呻くように呟く。

「……途中から少し目を瞑ることも多かったですが、改めて見ると圧倒されてしまいますね。これを本気で造るおつもりで？」

「アイディアを出し合っている間は凄くいいな！　って思ってたんだけど、なんか出来上がった予想図を見ると不安になってくるのは気のせいじゃないよね……？」

皆の反応に流石に私も不安になってきた。でも、誰も返事をしてくれないので私の不安が解消されることはなかった。

いや、読み直してみたらこれぐらいはやった方が良い気もするんだ。そう思うんだけど、そもそもがやりすぎなんじゃないかという懸念は晴れないけど。

「これは前衛的……それを通り越して奇抜……いや、キテレツ……？」

「ナヴル様、それは流石に不敬カウントでは!?」

「ハッ!?　も、申し訳ありません、アニスフィア王姉殿下！」

ガッくんに指摘をされて、ナヴルくんが勢いよく頭を下げる。けれど一切怒るような気にもなれなかった。

だって私自身が否定しきれてないし……。

「いや、これは我ながら夢のような発想を詰め込んだ案だと思うから、そう思われてしまうことについては否定出来ないかなぁ……ハルフィスはどう思う？」

「えっと……大変、アニスフィア王姉殿下らしい案かと思います……」

「それはどういう意味で受け取れば良いのかな!?」

私がそう問いかけると、ハルフィスが気まずそうに視線を背けた。

視線を背けたハルフィスに同意を示すようにガッくんとナヴルくんも頷（うなず）いている。

私だって一緒に案を出した仲間の筈（はず）なのに、仲間外れにされた気分だ。

「と、とりあえず、ユフィに見せてみるよ。本当にダメだったら考え直しになるけれど、皆で考えたものだし、実現出来たらそれこそ歴史に名を残しちゃうかもね？」

「確かに」

「一理あります」

「素晴らしいですね」

「冗談で言ったんだけど⁉　否定してよぉッ‼」

そして、その夜。私は皆で考えた新造都市案をユフィに見せた。

最初に資料を一読して二度見、それから一度小首を傾（かし）げた後、熟読する。

それからたっぷり沈黙の間を置いてから、ユフィはとても優しげな笑みを浮かべた。

「やはり、アニスはアニスですね。本当にどうしようもなく貴方（あなた）らしいと思います」

3章　望まれた立場

「こちらが私が考えた新造都市の案となります。お確かめください」

再び会議の場にて。先に目を通していたユフィを除いた人たちが私の用意した都市案についての資料に目を向ける。

紙を捲る音が静かに聞こえる中、会議に参加している人たちの表情は様々だった。

驚きに目を見開く人や、難解なものを見たと言わんばかりに眉を寄せる人に、面白そうだと言わんばかりに笑みを浮かべる人。困惑している人の方が多数ではあるけれど。

「アニスフィア王姉殿下……この都市案は、その……」

「突飛な印象を与えているという自覚はあります。ですが、概要も共に記載しておりますので意図はお伝え出来ていると思っています。質問があればお受け致します」

「質問……そうですね、聞きたいことが山ほどあります」

静かな声で切り出したのはラングだった。戸惑いや動揺を浮かべる人が多い中で、彼は平然と資料を片手に私に質問してくる。

「まず、都市の建設地が川の側にあることの危険性は考慮した上での構想なのですか？」

「パレッティア王国は水の魔法使いや水の精霊石によって、水不足に悩まされることは稀と言っても過言ではないでしょう。それ故、川というのは魔物が飲み水を求めて立ち寄ることも多く、川には魔物が寄ってくるとされ、避けられてきました」

「仰る通りです」

「しかしながら、川などから得られる自然の動力を利用することによって、文明を発展させることが出来ると私は考えています」

私の告げた言葉にラングは資料を置いて、口元に手を当てる。目を閉じて何かを考え込むように黙る。それから少し間を開けて、彼は再び口を開いた。

「自然の動力……ですか。しかしながら、このような都市にしなくても魔道具で解決することが出来るのではないでしょうか？　何故、都市を川の側に建設する危険を冒してまで取り入れようと言うのでしょうか？」

「皆様もかつて懸念していた通り、魔道具の普及によって精霊石の需要が高まり高騰する可能性がありました。確かに動力だけを得るのであれば精霊石を使用する魔道具でも構わないと思います。ですが、折角利用出来る力があるというのにそれを用いないというのは勿体ないでしょう？」

「……勿体ない、ですか」

ここに来てようやくラングが表情を崩した。呆れたとも言えるような、それでいて堪えきれなかったのであろう苦笑が浮かぶ。

「加えて、この新造都市が成功すればこれをモデルにして川辺に町を建てていくことも夢ではありません。つまり、川を用いた流通網を開拓することが出来るのです」

そう、魔学のための研究以外にもこの新造都市の目的は作れる。

この構想が成功を収めれば、次に続くノウハウが得られる。そうして川辺に町が増えて、川を運行に使えるようになれば物流の手段が一つ増える。

道が整えば人が行き交う。人が行き交えば物が動く。物が動けば商売は盛んになり、生活は豊かになる。それが結果的に国を富ませることに繋がる。

「空だけでなく、川までも自由に行き来をすることがアニスフィア王姉殿下の描いた構想ということですか」

「ええ。将来的には海も目指したいところですね」

「海まで視野に入れておられるのですか⁉」

「海から齎される資源の安定供給は長年の悲願でもありますし、まずは川辺を征することから始めていければと思っています」

「なんと……」

困惑混じりで私の話を聞いていた人たちが、感嘆の息を零し始めた。

海辺は魔物たちのテリトリーで、得られる資源は魅力的だ。だけど開拓の費用と防衛費を考えれば割に合わないのが現状だ。実際、何度も開拓を試みては失敗している。

私が表舞台に立っている間に実現するかわからないけれど、どうせなら夢は大きく掲げていきたいところだ。

「これは確かに、実現すればとんでもない話ですな……」

「魅力的な話ではありますが……それでも川辺では魔物の襲撃頻度が高くなる以上、防衛にかなりの労力が割かれることになるかと」

「そこは私が自ら戦場に立つつもりでもいますが……」

「アニス？　今のは聞かなかったことにしますね？」

「わ、わかってるよ、ユフィ！　あ、あくまで私の力がどうしても必要になった時だけ。普段は騎士の装備のために魔道具を発明することで助けていきたいと思っています！」

ユフィから笑顔で圧をかけられたので、慌てて言葉を取り繕う。彼女はよろしいと言わんばかりに頷いて皆を見渡した。

なんだか母上を思い出すような仕草だ。思わず寒気を感じてしまったよ……。

「ごほん、えーっ、魔道具は今後の発明によっては魔法を使えない平民であっても戦力の底上げが期待出来ます。時間はかかるかもしれませんが、川辺であっても魔物の襲撃に対応することが出来る戦力を集めることは可能だと見込んでいます」

「構想自体は突飛ではありながらも、納得のいく説明は得られました。それでは次の疑問についてお答えして頂いてもよろしいでしょうか？」

「構わないよ、ラング。どんどん聞いて欲しい」

「では、アニスフィア王姉殿下が語る新造都市の目指すべき理想は理解致しました。しかし、建設する際に魔法を利用したいというのは一体どういうお考えなのですか？」

ラングが質問したのをキッカケに貴族たちの纏う空気が少し硬くなった気がする。

勿論（もちろん）、私はその反応を織り込み済みだった。何せ都市を新造するために魔法を使うということは、貴族たちに土木作業をさせると思われたことだろう。そんなの反発があって当然だ。

「ご説明致します。皆様が懸念されている通り、都市を川辺に建設すれば魔物による襲撃が増える可能性があります。そのためにはいち早い防壁の構築が求められます。その防壁を築くのに魔法の力を使うべきだと私は考えています」

「貴族に建築家の真似事（まねごと）をしろと？」

「いいえ、皆様にお願いしたいのは教育でございます」

「教育……？」

ラングが思っていたのと違う返答だったのか、目を何度か瞬かせた。

その反応にちょっとだけ苦笑しつつ、私は説明を続ける。

「私が集めたいのは貴族の身分ならぬ魔法を使える者たちです」

「ア、アニスフィア王姉殿下……そ、それはまさか……！」

「ここで言葉を取り繕っても仕方ないでしょう。私が考えているのは冒険者などで活動している貴族の庶子を雇用したいと考えております」

私がそう言うと、会議の場が一気にざわっと色めき立った。この反応も仕方ない。基本的に存在そのものが目を背けられてるからねぇ……。

「今後、彼等のような存在を無視することは出来ません。この計画は、そんな在野の人材を取り入れるための一環として行うことが出来ると私は考えています」

「なるほど……貴族たちに土木作業に従事せよ、と望まれていた訳ではないのですね？」

「はい。なので希望者を募り、賛同してくれた者たちを迎え入れたいと考えております。彼等は魔法の実用性を重視しているので、理由と目的、そして報酬がしっかりしていれば力を貸してくれるでしょう」

「成る程、その手が……！」

「国内に散っている在野の才能を拾い上げるのと同時に、都市建設の力になってくれるという訳ですか！　防衛の戦力としても有用と考えればよく考えられている……！」

ここまでの反応を窺ってみるけれど、思ったより悪くない。私だって貴族に魔法で土木作業をして欲しいと頼んでも断られるのはわかっていた。

そこで目をつけたのが平民に交ざって暮らしている潜在的な魔法使いたちだ。

ここで彼等に活躍の機会を与えることが出来るし、その存在を確認することが出来る。その人たちを私が纏めることで、魔法を使えることで活躍の機会があるのだと喧伝することだって出来る。

棲み分けとして、貴族には教育を頼むことを考えた。これなら貴族の面子も保てるし、望まない仕事までしなくても良い。

一方で、冒険者たちは魔法について知見を持つ貴族から正式にノウハウを学ぶことが出来る。どうしても魔法に関しては独学になってしまう彼等にとって良い機会になる。

将来的には、この都市建設をキッカケにして功績を上げた者を貴族として迎え入れることも出来るんじゃないかと考えている。そうすれば先々代からの悲願を今度こそ形に出来るかもしれない。

「魔法の素養はあっても、冒険者などで活躍している者たちは正式に魔法を学ぶ機会がありません。そこで先人である皆様にご協力をお願いしたいのです。もし希望者がいるのであれば、家督を継げないご兄弟やご子息などに協力を要請するのもありではないかという案も出ております」

「うぅむ……これは確かに良案に思えるな」

「しかし、いくら身分が貴族ならぬ者であっても魔法を建築に利用するなどと……」

私の案に好意的な反応を示す人が多いけれど、中にはやはりまだもどかしそうな反応をしている人もいる。

これればかりは仕方ないと思う。長い間培(つちか)われてきた常識なのだから、簡単には意識改革など出来ない。

「実によろしいのではないでしょうか」

「グランツ公?」

「国が富むのは民の幸福があってこそ、魔法は民を守るための手段でしょう。その前提を忘れてはなりません。であれば、アニスフィア王姉殿下の案はその力を有効活用する良案と言えるのではありませんか?」

「そ、それは……仰る通りですな……」

あまりにもグランツ公がズバズバ言うものだから、私の方が面食らってしまう。

ユフィは呆れた視線になっているし、他の貴族たちも若干気まずそうだ。空気を変えてって願ったけれど、もうちょっと手心とか加えてくれませんか⁉

「今、曖昧になった貴族の在り方を定めるのに絶好の機会だと私は思っております。アニスフィア王姉殿下の提案された都市案は実に興味深く、未来を感じさせてくれるものとなるでしょう」

「あ、ありがとうございます……」

「在り方は変われども魔法の価値を損なわせることなく、次の時代へと受け継がせること。それこそ今、私たちが成し遂げなければならない命題ではないでしょうか？」

「そうですね。私も同じ考えです」

グランツ公に追従するようにユフィも頷いてみせる。それを見た貴族たちの反応は様々だ。ユフィたちに同意するように笑みを見せる者、まだ思い悩みつつも表向き賛同しているといった様子の者。

そうして私が提案した新造都市案は微修正をされながらも、概ね受け入れられることとなった。

……ここまでは順調だったと思う。雲行きが怪しくなってきたのはその後だった。

　会議が終わって貴族たちが退席していき、私もユフィに声をかけてから部屋を後にしようとしたところでグランツ公に声をかけられた。

「アニスフィア王姉殿下、少々お時間を頂いてもよろしいでしょうか？」

「グランツ公？　はい、構いませんけれど」

「無事に新造都市の案も目処がつきましたし、アニスフィア王姉殿下には自らの専属となる騎士団について考えて頂いた方がよろしいかと思いまして」

　グランツ公が話を切り出すと、側に寄ってきていたユフィが先に反応した。

「そうですね。現地の下見も選抜される騎士たちに任せることになるでしょうし」

　グランツ公とユフィの会話を聞きながら、成る程と思う。それは実に効率的だ。

　けれど、次に飛び出た言葉によって私は思いっきり噴き出してしまうことになる。

「こちらである程度の人員は選抜致しますが、最終的には騎士団長となるアニスフィア王姉殿下との面会も必要になるかと思います」

「ん？　……んんんっ⁉」

「おや、どうされましたか？　アニスフィア王姉殿下」

「私の気のせいですか？　何やら私が騎士団長になるみたいな話が出たような気がするのですけど？」

「大丈夫です、耳は正常ですよ」

「話の内容がおかしいですよ！」

やっぱり聞き間違いじゃなかった！　一体どういうこと⁉

「なんで私が騎士団長になるという話が平然と進められてるんですか⁉」

私が慌てて訴えかけても、グランツ公はまったく表情が動かなかった。待って、本当に待って欲しい。一体どういうことなの⁉

「あのー、私は魔学の研究に専念するというお話ではなかったのでしょうか？」

「はい。これもその一環ですので、必要な地位です」

「いやいや、無理ですよ⁉　誰か適任の人を任命するとかじゃダメなんですか⁈」

「可能と言えば可能です」

「それなら！」

「しかし、今後のことを考えればアニスフィア王姉殿下にはその役割を担って頂く方がよろしいと思います」

「いや、でも……！」

「アニスフィア王姉殿下が騎士団長となっても、騎士団の運営に関しては補佐として誰かを任命すればよろしいでしょう」

「だったら、最初から私が騎士団長じゃなくて別の人を選んだ方が……」

「その者が、アニスフィア王姉殿下と同等なまでに魔学や魔道具に熟知していますか？」

グランツ公の問いかけに、私は咄嗟(とっさ)の言葉が浮かばなかった。

「え、えっと……魔学に関して私と同じぐらいの知識があって、騎士団長を出来るような方ですか……」

「はい。もし、そのような人材がいるなら是非とも推薦して欲しいのですが」

自分でもそんな人いる？　って思ってしまった。いや、いないよね。そんな私の反応を予測していたようにグランツ公が説明を続ける。

「都市の管理にはユフィリア女王陛下が補佐をつけるということでしたが、それは都市を造るのが直轄領であることを考えれば納得出来ます。しかし、魔学や魔道具に関わる騎士団までユフィリア女王陛下のご采配に委ねるのは如何(いかが)なものかと考えます」

「でも、だからって私が選ぶって……」

「ユフィリア女王陛下からは了承を頂いております。その上で、どうしてもアニスフィア王姉殿下が判断出来ないという時は私たちで候補も選定しておりますので」

グランツ公の言葉に私は頭を抱えてしまった。どうしてそうなってしまったの⁉　遂(つい)に私にまで無茶ぶりをするの⁉

というか、ユフィも私に黙ってたの⁉　思わずユフィを見るけれど、目が合った瞬間に逸らされてしまった。

「あの、やっぱりそれでも私が騎士団長になるよりはずっといいと思いますけど……」

思わず弱音を吐くと、グランツ公が少しだけ目を細める。その仕草を見た瞬間、何故だか背筋がぴんと伸びてしまった。

「アニスフィア王姉殿下」

「は、はい……」

「貴方の専属となる騎士団は魔学に深く関わる以上、貴方が騎士団長の座に就くべきだと私は考えております。どうしても承諾出来ないと言うなら、いつものようにユフィリア女王陛下のご采配に任せるというのも良いでしょう。ですが、ユフィリア女王陛下に頼るばかりでは立場としてよろしくないのでは？」

「う、うーん……でも……」

「ユフィリア女王陛下はアニスフィア王姉殿下の自由を保障するために手を回しておりますし、それに関して私も異を唱えるつもりはありません。しかし、貴方は同時に王族でもあるのです。万が一、女王陛下に何かあった際には貴方に立って頂く必要があることを認識しておりますか？」

「ッ⁉　グランツ公！」

「これは予め想定しておくべきことです、アニスフィア王姉殿下」

グランツ公が告げたことがあまりにも想像したくない内容で、声を荒らげてしまう。

だけど、グランツ公は淡々とした様子で静かに私を見つめていた。その目に見つめられると言葉が出なくなってしまう。

「万が一、というのは何もユフィリア女王陛下が倒れられた場合なども含んでおります。療養が必要となる場合もないとは言えないでしょう？」

「それは……そう、ですけど……」

「それとも先王陛下を頼られますか？　先王陛下とていつまで元気でいられるのかもわかりませんよ」

「……それは、わかるけどっ！」

「アニスフィア王姉殿下。私たちは親なのです。親は、変事がなければ子より先に旅立つものです」

グランツ公の言葉に思わず息を呑む。咄嗟に何か言葉が飛び出そうになり、唇を噛む。

わかっている。わかっているけれど、こんな急に突きつけられると心が受け止めきれない。どうやっても避けようのない話だってわかってるのに。

「勿論、もしもの時は臣下として我々も力を尽くすつもりです。その時、貴方はどうされますか？　自らに力はないと座して待つことも選択ですが、それを良しとしないのであれば自ら王族の権威を使うことも視野に入れるべきだと進言させて頂きます」

「グランツ公……」

「私もまだまだお仕えすることに不足がない歳です。しかし、それでもいつか老います。不慮の事態が私に降りかからないとも限りません」

　グランツ公はどこまでも真剣で、真っ直ぐだった。私を思っての言葉なのはわかる。だからこそ厳しい言葉だ。何も言えなくなってしまう程に気が重たくなっていく。

「貴方は自身が持つ力と可能性をもっと自覚なさるべきです。それを人からどう見られるのか、今よりもハッキリとした形で貴方に示されるでしょう」

「……わかりました。ご忠言、感謝致します」

「どうか学びの機会だと思って心に留めておいてください。何せ私もなかなか腰の据わらない優柔不断で、だからこそ心優しく抱え込みがちな友人がいたものですからな」

　くくっ、と笑うグランツ公はちょっと人が悪そうに見える。

　これが私人としての顔であることを私は知っているので、見る度に何とも言えない感想を抱いてしまう。

そんなグランツ公の態度を見たことで、私もようやく息を吐くことが出来た。

「グランツ公のお言葉、真摯に受け止めさせて頂きます」

「えぇ。アニスフィア王姉殿下、貴方はもう少し他人の目に映る自分を見つめ直す必要があると思います」

「他人の目に映る私、ですか……」

「人の縁は得難いもの。アニスフィア王姉殿下の視野を広げて頂きたいのは、何もユフィリア女王陛下のためだけではありません。私たちが出来なかったことを託したいという願いがあることを忘れずに。どうか、これからも期待させてください」

「……うまく出来るかはわかりませんが、やれるだけやってみようと思います」

「思い悩むようでしたら周囲の者たちに相談してみてください。それでは、私はこれで」

楽しそうに笑いながらグランツ公はそう言った。そうして去って行くグランツ公を見送ると、ユフィが笑顔を向けてくる。

「それでは、頑張ってくださいね。アニス」

「うぅ……なんでこんなことに……!」

「あぁまで言われたら私も助け船を出すことも出来ませんので。必要なことではありますからね……」

「だけどさぁ……！」

どうしよう、本当に困る。情けない顔をしているだろう私の頭をユフィが優しく撫でてくれるのだった。

＊＊＊

「……私が騎士団長、か」

グランツ公に告げられた驚き話を引き摺って、私は悶々としていた。

あれからというもの、私はどう受け止めれば良いのかずっと考えていた。でも、どれだけ頭を捻っても気持ちが定まらない。

「どうしたらいいんだろう……いや、名前だけ置く感じで、実際の運営は私が任せた人にお願いするんだから難しく考えなくても良いのかもしれない……」

わざわざ口に出して言ってみる。けれど、やはり納得することが出来ない。思わず天井に視線を向けて、溜息を吐いてしまう。

「……わかってるつもりなんだけどな」

グランツ公が言っていたように、ユフィが必ずしも万全でいられるかどうかはわからないんだ。それこそ神のみぞ知る話だ。

父上が健在な内は代理をお願い出来るかもしれない。でも、父上を頼ることが正解なのかと問われると、そうだとは言い切れない。

「甘えてたというか、甘やかされていたというか……わかっていても、なかなか心が追いついてこないなぁ」

王族の責務、その重さについ辟易(へきえき)してしまう。

でも、ユフィも、父上も、アルくんも、皆が背負っていた重みなんだ。

私なりの考えがあって遠ざけていたとはいえ、状況が変わったのだから私自身の考え方も変えていかないといけない。

「うーん……グランツ公も周りの人に相談してみろって言ってたし、ナヴルくんたちに相談してみるかな。良さそうな人を紹介してくれるかもしれないし」

思い至れば即行動、ということで私はナヴルくんたちを呼び出した。

私の招集にすぐに応じてくれた三人に、私はグランツ公と話したことを説明する。

「という訳で、皆に意見を出して貰(もら)った都市案は概(おおむ)ね通ったんだけど、次の問題が発生しちゃったんだよね」

「アニスフィア王姉殿下が騎士団長ですか……」

「喜ばしい話だと思うのですが……アニスフィア王姉殿下にはご負担のようですね」

ハルフィスとナヴルくんが悩ましそうに声を漏らす。それに釣られて私も溜息を吐いてしまう。

「そうなんだよ……全然出来る気がしなくて、私じゃない方がいいんじゃないかって悩んでてね……」

「そうですか？　案外、アニス様だったら出来ると思いますけれど」

深刻な悩みのつもりで話したんだけど、ガッくんの返答はあまりにも軽かった。

あまりの軽さに私は眉を顰めつつ、ガッくんにジト目を向ける。

「ガッくん……あのね、私は長いこと王族として相応しい振る舞いをしてこなかったし、ましてや騎士になった覚えもなくてね？　それがいきなり騎士団長って言われてもおかしいと思わないの？」

「そう言われても……魔学の研究にも関わる騎士団になるなら魔学にも詳しくて、実力も功績もあって、身分も高いアニス様が団長をやるのが一番収まりが良いって話になりますよね？」

「うっ……で、でも私だよ？」

ガッくんが言わんとすることはわかるけれど、騎士団長という肩書きの重さに尻込みしてしまう。

「あの……アニスフィア王姉殿下、私もガークさんの意見と同じです」

「ハルフィスまで⁉」

「私も、アニスフィア王姉殿下が団長になられるのが一番まとまりが良いかと思います」

「ナヴルくんも！　いやいや、私は騎士だった訳でもないんだよ⁉」

「でも、近衛騎士団の皆には好かれていますよね？」

「うぐっ」

「実力に関しては、ドラゴンを討伐したという実績がありますし……」

「むむむっ」

「王族で、ユフィリア女王陛下の姉ですし、立場としても十分ですよね？」

理由を並べられると、確かにと思ってしまう。同時にそれでも、と思ってしまう。

私が騎士団長になるだなんて、そんなの全然想像がつかないよ。

「だ、だって……私は騎士のことなんて何もわからないよ？」

「これから学べばよろしいのでは？　それこそ実務に関しては補佐を付けても構わないでしょう。魔学の研究にも携わらなければならないのですから」

「でも、それって結局団長を選んで貰ったのと同じことじゃない？」

「いえ、アニスフィア王姉殿下が上に立つ、という形式が大事なのです」

「ナヴルくん……？」

妙にいつもより強い口調でナヴルくんが断言した。それに驚いているとナヴルくんの雰囲気が真剣なものへと変わった。

その変化に対して、私は自然と背筋を正していた。

「アニスフィア王姉殿下、私は貴方からの信頼を得たいと思っています」

「信頼？」

「はい。正直に申し上げますが、貴方は私を共に肩を並べる相手だとは見ていませんよね？　それは、信じていないと言い換えられます」

ナヴルくんの指摘に思わず言葉を詰まらせてしまう。信じていない、と真っ向から言われると咄嗟に否定出来なかった。

ナヴルくんのことは人として好意的に思っている。だけど部下として信じているかと言われると断言出来なかった。

改めて指摘されて、そう考えている自分に納得してしまうけれど、納得してしまうことに驚きも感じてしまう。

「しかしながら、信じて頂けないのも仕方ないと思っております」

「仕方ない？」

「アニスフィア王姉殿下は騎士のことについて何もわからないと言いました。だからこそ団長など出来る筈がない、と。それは当然のことです」

　きっぱりとナヴルくんは私が目を背けている事実を指摘してくる。

「知ろうとしないことを知ることは出来ません。それはアニスフィア王姉殿下の境遇を思えば致し方ないことだと思います。そして、上の者に付いていくことが出来ない集団はいずれ離散するしかありません。だからこそ、アニスフィア王姉殿下も信頼に足る人に任せたいと思っているのでしょう？」

「だって、それは相応しい人が私以外にいると思うから……」

「それでも、私はアニスフィア王姉殿下が上に立つお方であって欲しいと願います」

「……どうして？」

「貴方が尊敬に値するお方だからです。確かに破天荒な一面や、王族として目を覆いたくなる振る舞いをなさることがあります。しかし、それでも貴方には王族として、上に立つ者として認められるだけの素質があると私は感じています」

　ナヴルくんの真っ直ぐな言葉に私は何も言えなくなってしまった。

　どうして、そこまでの思いを彼は私に向けてくれるんだろう。そんな疑問がどうしても頭から消えてくれない。

「私がアニスフィア王姉殿下と望む理想の関係とは、信頼を以て必要な役割を任せて頂けることです。そして、そのように考えるのは私だけではないでしょう。平民出身の騎士であれば私よりも切実に願っているかもしれません」

「ナヴルくん……」

「だからこそ貴方が上に立つことが必要だと感じているのです。もし自分のなすべきことがわからないと言うのなら、自分の補佐する人を選べば良いのです。貴方の判断で、貴方が自身に足りない者を埋める人を自ら選ぶ。その段取りこそが大事なのです」

「……そう言われても、自信がないよ」

「アニスフィア王姉殿下。貴方の下に集い、信頼を頂けることこそが誉れだと感じる者がこれから増えていくことでしょう。その期待を背負ってくれたら、と私は思うのです」

「私に信頼してもらえることが、誉れになる……？」

「名誉とは成し遂げた行いを称えるために、その名前を付けるのです。たかが肩書きかもしれませんが、それは決して無意味なものではないのです」

「それは、なんとなくわかるけれど……」

「信頼して頂けることは私たち、騎士にとって誉れとなるのです。その上で貴方に導く者であって欲しいと願うのです。私はそのような関係を貴方と築きたいと思っています」

握りしめた手を自分の胸に置くナヴルくん。その手が汗ばむくらい力が籠もっているのを私は見てしまった。

あぁ、ナヴルくんも緊張しているんだ。それでも必死に言葉にしようとしてくれている。これをちゃんと聞き届けないのは失礼だ。

「私は自分が優れた騎士であるとは思いませんし、まだまだ学ばなければならないことが多くあります。ですが、その上で貴方が私を頼ってくれるのなら全力で応えたい」

「ナヴルくん……」

「アニスフィア王姉殿下、貴方はもう選ばれる側ではありません。選ぶ側なのです。私はアニスフィア王姉殿下にお仕えさせて頂いた分、多少は勝手がわかるつもりです。実家の地位も十分です。補佐をしろと言われれば全力で尽くしましょう。また、平民出身の騎士たちを纏めるのにシアン男爵に助力を頼むのも良いでしょう。ガークは人の上に立つような役職を任せるのは無理ですが、人の懐に入るのがうまい男です」

ナヴルくんは、静かに祈るように目を伏せながら言葉を紡ぐ。

「どうか私たちを信じてください。そのための努力を惜しむことはしません。貴方が私たちを導いてくれるのなら、不安を退けるために共に学びましょう。貴方に仕える騎士として全力を以て貴方の期待に応えたいのです」

信じて欲しい。

告げられた真っ直ぐな言葉はいっそ愚直と言うべきだ。だからこそ、深く刺さる。

「ライラナとの戦いの際、アニスフィア王姉殿下は私たちを足手まといだと言って下がらせました。それは騎士として恥じなければいけない弱さです。それだけ貴方は強い。その強さが、貴方の魅せた未来が、私たちの標として掲げられるのなら心を一つにすることも不可能ではありません。貴方が魅せた未来には、それだけの価値があるのです。騎士として、尊ぶべき人が相応しき地位にあり、仕えることが出来るということは幸福に感じます。それをどうか、心に留めて頂きたいのです」

＊　＊　＊

「ユフィ、今日は晩酌に付き合って」

政務を終えて離宮に戻ってきたユフィ。二人で私室に入るなり、私はイリアに頼んでいたお酒を取り出しながらそう声をかけた。

するとユフィは不思議そうなものを見るかのように私を見る。

「晩酌、ですか？　珍しいですね、アニスが自分からお酒を飲みたがるなんて」

「普段はあまり好まないからね……」

勿論、私だって嗜む程度にはお酒を飲む。でも、そんなに強い訳ではないし、酔い潰れるまで飲む程好きでもない。

だから晩酌なんて珍しい。でも今日はお酒を飲みたくなる日だった。

「それで、どうして今日は晩酌を？」

「ナヴルくんたちに、私が騎士団長になるかもしれないって話をしたんだ」

「……そうですか。アニスが望むならお付き合いしますよ」

「ありがとう。はい、どうぞ。ユフィ」

「私もお注ぎします」

「ん、ありがとう」

用意したワイングラスにそれぞれワインを注ぐ。

お互い手に取ったグラスを持って、軽く打ち合わせる。

「乾杯」

「ええ、乾杯」

舐めるように一口。唇を濡らして軽く含む程度にお酒を飲む。

ユフィを見てみると、彼女の飲む量も慎ましいものだった。頬杖を突いてユフィを眺めながら口を開く。

「……騎士団長になることを、ナヴルくんたちに話してみたんだけどね」

「反応はどうでしたか？」

「思ったより、真っ直ぐな言葉で賛成されちゃった。その時にナヴルくんに言われたことが、ちょっとね」

「彼はなんと？」

「私はもう選ぶ側なんだって。だから選ばれることに栄誉を感じる人もいる。その人たちの気持ちも考えて欲しいって言われた」

「わからなくはありませんね」

「ユフィもそう思う？」

「はい、私は貴方に心から信頼されていると自負する身ですから」

ユフィは微笑(ほほえ)みながらそう言った。穏やかで嬉(うれ)しそうな声に私は目を細めてしまう。

そっか、ユフィもそう思うんだ。私に信頼してもらえることを嬉しいって。

でも、よくよく考えればそうだよね、って思う。ただ、自分がその当事者になるだなんて何故(なぜ)かまったく考えてなかっただけで。

「ただ、アニスは嫌がるだろうな、と思ってました」

「えっ？」

「騎士団長ともなれば、騎士団に何かが起きた際に責任を負わなければならない立場になりますからね」

「そうだね……」

「責任感の強いアニスのことです、貴方はきっと抱え込んでしまうのでしょう。私は魔学に集中して貰(もら)えるなら、騎士団長は信頼が出来る者にしてもらうのが良いと考えていましたが……」

「でも、グランツ公の考えは違った」

私がそう言うと、ユフィは苦笑を浮かべながら頷(うなず)いた。

ユフィはワイングラスを軽く弄ぶように回して、ワインが静かに波打った。

「わかっているんです。もしも私に何かあればアニスが王として立たなければならないでしょう。言われれば当然のことなのですが、私は考えていませんでした。お父様に指摘されて改めて気付く程です」

でも、と。ユフィは小さく零(こぼ)しながらワイングラスに視線を落とす。

「出来る気になってたんです。慢心だったのでしょうね。自分の力に自惚(うぬぼ)れていたつもりはなかったんですが……アニスに苦労をかけることのないように立ち回れると思ってたんですよ」

「ユフィは凄いよ。もう立派に女王様やってるしね。実際私は楽をさせて貰ってる」

「でも、お父様が言いたかったことはそんなことではなくて、私が倒れた場合についてでした。正しい指摘ですが、私が意識しなければならなかったと小言がうるさくて……」

「あ、あははは……」

ユフィはグランツ公への愚痴を吐露した後、一気に残ったワインを飲み干す。すぐさま私は空になったユフィのグラスにワインを注いであげる。

「お父様はもっとハッキリ言ってくれれば良いのに、とは思わなくもないですが……ともあれ無視出来ない話だったので、今回の話は呑んだのですが」

「ユフィはどう思う？　私が騎士団長なんてやれると思う？」

「すぐに出来るようになると思います。アニスは頑張り屋で、だからこそ頑張る人を無碍にはしたくないと思ってる人ですから」

「そっか……」

私は力なく呟いてから、ワインを飲み干した。すると今度はユフィが空になったグラスにワインを注いでくれる。

そのワインを揺らして眺めた後、今度は一気に飲み干すように呷った。

「……ぷはっ！」

「アニス？　そんなに一気に飲んではすぐ酔ってしまいますよ」

「酔いたいんだ。酔いたいから飲んでるの。素面（しらふ）で聞くのが応えるんだよ……」

「……そんなに嫌なんですか？」

「嫌だって思ってる訳じゃない。……戸惑ってるんだ。ただそれだけなのは私もわかってる。わかってるからこそ、どうしたらいいのか決められない」

「それも無理はありません。今までのアニスの境遇を思えば尚更（なおさら）です。もしも貴方（あなた）が騎士団長になって、貴方に憧れた人が集って、貴方のようになりたい、って思う人たちがいたら頑張るしかなくなるでしょう？　アニスのことですから」

「……否定出来ないなぁ」

「戸惑うのはわかります。でも、だからこそ私は貴方が騎士団長になっても良いと思います。うまくいかないことだってたくさん出てくるでしょう。でも、アニスなら時間さえかければ大丈夫ですよ」

「……そっか」

　ユフィが大丈夫だと言ってくれる。それだけで少しだけ心が軽くなってしまうのだから私も現金なのかもしれない。

「……ユフィ」

「何ですか、アニス？」

「私ね、お酒って好きじゃなかったんだ」

「晩酌に誘っておいて言うことじゃないと思いますが……」

「でも本当なんだ。冒険者やってた頃に、飲みに誘われたことがあってね。そこで酔った時に凄く気持ち悪くなっちゃったんだ」

「お酒、弱いんですか？」

「強い方じゃないと思う。でも、それ以上に酔うって感覚がダメだった。最近、どうして酔うのが苦手なのかわかった気がする」

ユフィは何も言わず、静かに続きを促してくれた。

今度は自分で空になったグラスにワインを注ぎながら、私はそっと呟く。

「どう言えば良いのかな……？　私にとってあの頃はいつも悪い夢を見ていた感覚に近いのかな」

「悪い夢、ですか？」

「色々と諦めて、でも飲み込めなかった時期だからね。今、振り返ってそう思えるようになったけれど、当時はこんなことを考える余裕もなかったからさ」

「それと酔うことが苦手なことがどう関わるのですか？」

「悪い夢に酔うことでしか、正気を保てなかったの。……今なら、そう思うんだ」

ぽつりと呟いた言葉は、私が思ったよりも低い声で呟かれてしまった。

一瞬、取り繕おうとして……止めた。そのままの声で私は心情を打ち明ける。

「酔うことで悪い夢に酔っている自分に気付いてしまうから。お酒に酔うと理性も弱くなっちゃうから尚更本音が飛び出しちゃう。……自分が相手でも隠そうとした本音に」

「アニス……」

「だから今は苦手だとはそんなに思ってない。本心を打ち明けるのにお酒の力を借りるのも悪くないかな、って思える。ユフィがいてくれるからね」

「それなら良かったです。……それで楽になれそうですか？」

「今はね。でも、きっと明日からまた唸ってると思う」

自分でも気の抜けた笑みを浮かべていると思う。それだけ今、私はリラックスしてしまっている。

だからこそ、素直に何でも話せてしまう。

「悪い夢も、良い夢もいっぱい見てきたんだ。でも、夢を見るばかりじゃいられない立場になってるんだなって自覚もしてきてる」

「だから戸惑ってるんですか？」

「うん。なんだろうね……漸く地に足が着いたような、そんな気がするんだ」

夢を見ることは空を見上げることにも似ていて、私はこれまでずっと上を見上げ続けてきた。

ユフィをはじめとして、私に夢を見ることを許してくれる人たちがいた。

でも、こっちを向いて欲しいという声も聞こえるようになってきた。

ただ夢を見ていた私が、今度は私自身が誰かの夢となって見つめられている。

だから夢ばかり見ていられない。私を見てくれる人たちに応えなきゃいけないんだ。

「夢を見せれば良いと思ってた。実際、目標を果たせたと思う。今度はその夢が信じ続けたいと思わせないといけない。それは凄く長い道のりで、わかっていた筈なんだけど実感が足りてなかったかなって」

「そうですね……アニスは地に足を着いていなかったというのは正にその通りかと」

「不安なんだ。私は信じられるけど、私以外の人に信じて貰えるんだろうかって……」

「難しいことですよ」

「ユフィにとっても？」

「私にとっても、ですね」

「それは、とっても難しいことなんだろうなぁ」

「ええ」

「ユフィでも難しいなら、やっぱり気長に頑張っていくしかないんだろうなぁ」

そう口にしながら、心の中で本当にユフィは凄いんだなって思う。

責務を背負い、それを果たせる人だと信じて貰うこと。それをずっと続けていくこと。

なんて途方もなく大変なことなんだろう。ずっと諦められていると、そう思って生きてきた私にとって目が眩んでしまいそうだ。

そう思っていると、ユフィがクスクスと笑い始めた。

「少しだけ嬉しくなってしまいますね」

「え？」

「私はアニスに夢だけを見てくれれば良いと思っています。でも、貴方が人に認められて胸を張ってくれるというのも、それはそれで嬉しいことだと思ってしまうんです。貴方は、ずっと虐げられてきたんですから」

「……だから戸惑ってるとは思うんだけどね。でも、変化を求めたのは私たちでもあるから、しっかりしないといけない」

「そうですね」

「はー、でも騎士団長なんてやだなー！」

「じゃあ、止めても良いですよ、と私だけは甘やかしましょう」

「うーっ、意地悪！　はいはい、わかりましたよーだ！　ちゃんと引き受けますー！」

「アニスならそう言うと思いました」

「言わせたの間違いでしょう？」

「それはアニスがそう感じただけでは？　私はちゃんとならなくていいと言いますよ？」

「駆け引きって奴でしょ！　そういうところ、グランツ公に似てきてるよ！」

「……ッ!?　き、聞き捨てなりません……！　そういうこと言うアニスは嫌いです！」

「あーっ、思ったよりダメージ受けてる！　ユフィ、面白いー！」

「いえ、全然似てませんから。ええ、似てませんとも！」

「はいはい、私が悪かったよ。ほら、ワイン注いであげるから」

夜は更けていく。大事な人と思いを交わす穏やかな時間を紡ぎながら。

それが、明日も良い夢を見せてくれる希望になるような気がした。

4章　旅立ちの前に

魔学を普及させるための新しい研究都市を造る。この計画が本格的に始まってからというもの、私は大変忙しかった。

まずは魔学を一緒に研究してくれるための人員確保。これはラングが魔法省から魔学の研究に興味がある人などを紹介してくれたので、ハルフィスと協力して面接をした。

それと並行して私専属の騎士団に入団する騎士たちの選別をした。こちらはシアン男爵のおかげで恙(つつが)なく進んだ。

これによって私の肩書きも正式なものが任命された。

まず女王直属の魔学の研究機関である〝魔学研究室〟室長の肩書き。

そして、この研究所の直属となる〝魔道騎士団〟団長の肩書き。

つまり、私の肩書きは女王の姉であり、魔学研究室長であり、魔道騎士団長という立場となる。

そして上に立つ立場となったら何が待ち受けているのか？　そう、書類仕事である。

私は執務室にするために模様替えをした離宮の一室で、机に突っ伏しながら魂を吐き出していた。視線の先にあるのは山のように積まれた書類。切実に現実逃避したい。

「どうして、こんなに私が判を押さなきゃいけない書類が回ってくるの……？」

「これがアニスフィア王姉殿下……いえ、アニスフィア団長のお仕事だからですね」

しおしおと萎びれながら呟くと、ナヴルくんが淡々と突っ込んでくる。

私の立場が変わったことでナヴルくんの立場も変わって、今の彼の立場は騎士団長補佐だ。父親が近衛騎士団長であったことを活かして、私が騎士団長としてやっていけるように助言をしてくれる。

ちなみに魔道騎士団の副団長はシアン男爵だけど、彼は今王都を離れている。新造都市の建設予定地の下見のためだ。

「アニスフィア王姉殿下、目を通して頂きたい書類がありますが……お忙しそうですね」

丁重なノックの後、書類を抱えたハルフィスが中に入ってきた。そして中の様子を見ると苦笑を浮かべる。

「ご苦労様だ、ハルフィス。アニスフィア団長だが、文句を垂れながら暇を持て余していたところなので気にする必要はない」

「あるよ！　もっと気にしてよ！」

「お忙しいとは思いますがご自愛くださいね、アニスフィア王姉殿下」

「うーん、それはハルフィスもだよ？　色々とバタバタしてるでしょ？」

「まぁ、そうですね。でもマリオンも助けてくれてますので」

私の問いかけにハルフィスはとても幸せそうに微笑(ほほえ)んだ。その表情を見て、私も笑顔が浮かんでしまう。

色々と変わっていく中で、ハルフィスもまた変化を迎えていた。その変化こそが彼女が幸せそうに微笑んでいる理由だ。

「新婚ほやほやだから幸せいっぱいだね」

私がそう指摘すると、ハルフィスの顔が一気に赤らむ。そのままハルフィスは俯(うつむ)いてしまい、誤魔化すように前髪を弄(いじ)り出す。

「こ、この忙しい時期に家の事情でバタバタしてしまって申し訳ないです……！」

「ハルフィスも予想してなかったんでしょ？　仕方ないよ。私とユフィが原因だし、逆に迷惑をかけちゃったね」

「確かに予想外でしたね……私もこんなことになるとは思ってもいなかったので」

「そうだよねぇ。本来、婿を迎える筈が嫁に行くことになっちゃったんだから」

「あはは……」

ハルフィスは魔学都市の建設が決まった準備期間の最中、婚約者のマリオンと結婚していた。

この結婚は急に決まったことで、その準備が慌ただしく進められていたのだ。その余波でハルフィスはなかなかの多忙だった。

そもそも、どうしてハルフィスがいきなり結婚することになったのか？

それは彼女の婚約者であり、今は夫となったマリオンの実家のお家騒動のせいだ。

本来、ハルフィスはマリオンを婿としてネーブルス子爵家に迎える予定だった。

しかし、その予定はアンティ伯爵家の意向で変更となり、マリオンが当主になることが決まった。それに伴い、ハルフィスがアンティ伯爵家に嫁入りすることになった。

どうしてそんな変更が起きてしまったのかと言うと、本来アンティ伯爵家を受け継ぐ筈だったマリオンの兄、彼の婚約者の家が没落しかけたせいだ。

一連の問題は、この貴族の当主がある大失態を犯してしまったことから始まる。

「流石（さすが）に予想していませんでしたよ。ユフィリア様に王配について進言した挙げ句、不興を買うだなんて……」

「うーん、ちょっと流石にねぇ。正直、ユフィに王配を望む気持ちはわかるんだけれど、発言が行き過ぎちゃったんだよねぇ」

問題を起こした貴族は精霊信仰に傾倒していて、魔法省とも関わりが深かった。

その繋がりでアンティ伯爵家とも縁があり、その縁から婚約を結んでいたという経緯がある。

そんな彼は、どうにもキテレツ王女である私が気に入らなかった。

信仰心に篤いが故だったんだろうけれど、それ故の行動を起こしてしまったのだ。

何を起こしたかと言うと、公の場でユフィに王配を置くように仄めかしたんだ。

「この貴族、普段の言動からユフィに要注意リストに入れられてたのが運の尽きだったというか……」

「要注意とされていたのは、アニスフィア王姉殿下に対して侮辱的な態度を取っていたからですよね？」

「まぁ、その、そうらしいんだけど……」

この貴族は過去に私を直接的に侮辱したこともあったので、ユフィが個人的に注視していた。そんな中で見事にユフィの逆鱗に触れてしまったのだ。

「ただ王配を迎えて欲しいという提言ならユフィも流せていたんだけど、この貴族は如何にユフィの才能と存在が尊いか説いて、事もあろうに私との関係は否定しないでも、一時期の熱に過ぎないって言っちゃったのが不味かったんだよね……」

「……お二人を知っている身からすれば、本当に恐ろしい発言ですね」

ナヴルくんはぽつりと小さく呟く。その顔色はとても悪くて、悪寒がするのかしきりに腕を摩っている。

「ユフィリア女王陛下がアニスフィア王姉殿下を心から寵愛していることがわかっていたなら、あのような発言は致命的だと理解出来る筈なんですが……」

「それだけ精霊契約者という存在に目が眩んじゃったのかもね。私を寵愛するのもいいけれど、この国のためにもっと多くの愛する人を置いてもいいんじゃないか、ユフィにはそれが許される資格があるって言うのは、王族としては間違ってはいないんだけど……」

「私ならユフィリア女王陛下に王配の話を振るなんて、恐ろしくて出来ないですよ……」

「私もハルフィスと同意見です。流石に自業自得と言われても言い返せませんよ。綱紀粛正に力を入れている状況でユフィリア女王陛下に睨まれるなんて、自分から疑いの種を蒔いたようなものですしね」

「実際、私のことは内心良く思ってなかったみたいだしねぇ。思うのは自由なんだけど、口に出した以上はね……」

私の呟きにナヴルくんとハルフィスは何とも言えない表情で溜息を吐いた。

とにかく、この騒動が原因でユフィに強めに窘められることになってしまったのだ。

ただでさえ魔法省の再編の影響で立場が弱くなっていたところに、このダメ押しである。

これで一気に周囲に見放されてしまい、勢いよく転がり落ちてしまった。

「気の毒と言えば気の毒なんだよね……」

「身から出た錆でしょう」

「うーん、そうなんだけどねー」

常識で考えれば王族として次の世代に血を残すのは正しいことだ。だからユフィに王配を迎えて欲しいという思いは理解出来る。

だけど、そもそも私たちはパレッティア王国の在り方を変えようとしている。そんな中でよく王配の話を持ち出せたな、とも思う。

言及するにしたって、話をうまく運ばなければこうして不興を買うような結果になってしまう訳で、あの貴族は一体どうするつもりだったのか少し気になる。

この話を持ち出すにしても、ユフィは精霊契約者だからまだ先にしても良いと言う人もいる。面白くない話だけれど、私が人間を辞めたことを知らないから私が老いて亡くなってからでも遅くはないと囁く声もある。

中には、私にしろユフィにしろ、子を生して次代に繋ぐことを考えていないことを察している人もいるけれど。

そういった人たちは賛成にせよ、反対にせよ表立って動くようなことはしていない。

だから今回の一件は、迂闊（うかつ）な貴族が自らの発言で手痛いしっぺ返しを受けただけという話ではある。

当事者としてはそれどころじゃないんだろうけどね。実際に家が傾いている訳だし。

「これが原因で周囲から見放されちゃったのがねぇ……失言した当主はともかく、巻き込まれた家族には同情するよ」

「それでマリオン様がアンティ伯爵家を継いだ方が良いという話になったのは、良かったのか悪かったのか判断に困りますね……」

「マリオンのお兄さんはよく決意したなって思うよ。傾いた婚約者の実家を自分が立て直すつもりで婿入りさせて欲しいなんて、余程の覚悟がないと無理だよ」

マリオンの兄は婚約者の実家が没落する危機を見逃すことが出来なかった。

そこでユフィと繋がりがあり、婚約者であるハルフィスも私との関係が良好なことからアンティ伯爵家を継ぐのはマリオンが相応（ふさわ）しいと主張した。

そしてマリオンの兄が婚約者の家に婿入りし、その家を立て直すことを望んだのだ。

この話を受けてアンティ伯爵家とネーブルス子爵家が話し合い、マリオンがアンティ伯爵家を継ぎ、ハルフィスが嫁入りすることが決まった。

話が決まれば、ハルフィスが私と繋がりがあるせいで多方からアプローチがかけられていたこともあり、予定を早めた方が良いということで早期の結婚に踏み切ったのだ。

「やはり呼称は改めた方がよろしいのでは？　アンティ伯爵夫人殿？」

「からかうのは止めてください、ナヴル様。別にマリオン様は誤解とかしませんから」

「それでも嫉妬はするものだろう？」

「ナヴル様！」

ナヴルくんにからかわれて、ハルフィスは頬を赤く染めた。

以前までのナヴルくんであれば珍しいと思っただろうけど、最近はこういった一面も見れるようになった。それが何だか嬉しい。

「ごほん！　そう言えば、もう間もなくアニスフィア王姉殿下も新造都市の建設現場に向かうのですね」

「休日は王都に戻ってくるけれど、基本あっちにいることになるね。準備が調ったらハルフィスたちも都市に来てもらうことになると思うけど」

「その間、こちらも準備を終わらせておきます」

「お願いね、アンティ副室長？」

「はい、任せられたお仕事は必ずこなしてみせます」

胸に手を当てながら自信とやる気に満ちた表情を浮かべるハルフィス。

彼女には王都に残って貰い、研究室に入ることを望む者たちの教育と、今後の研究に使えそうな資料の整理をお願いしている。

事実上、王都を離れる私の代理と呼ぶべき立場なのだ。

「新婚であるハルフィスには丁度良かったかな？　仕事でもマリオンと一緒でしょ？」

「こ、公私混同はしませんから！」

「ふふ、ごめんごめん」

「失礼します！　ガーク・ランプ、戻りました！　あれ、ハルフィスも来てたのか？」

ハルフィスをからかっていると、相変わらず軽い調子でガッくんが部屋の中へと入ってきた。

ナヴルくんはぴくりと眉を動かした後、頭痛を堪えるように眉間に指を添えた。そんな彼の仕草に気付いて、ハルフィスは苦笑を浮かべた。

相変わらずの三人の様子に微笑ましくなりながら、私はガッくんへと声をかけた。

「おかえり、ガッくん。騎士団の様子はどうだった？」

「シアン男爵……いや、もうシアン副団長っすね。あの人が鍛えた騎士たちが面倒見てくれてますからね、問題はなさそうです。元々冒険者をやってた人も多いですからね」

「そっか、それなら良かった。揉め事とかは起きてないよね？」

「ご心配なく。まぁ、心配するのはわかりますけれどね。何人か貴族も混ざってますし」

私の専属となる魔学騎士団には冒険者を直接スカウトして引き抜いた人たちがいる。心配していたのは、彼等が騎士という立場に慣れるかどうか。そしてもう一つ、冒険者の他にも騎士団に所属したいと志願してきた貴族たちとの関係だ。

志願してきた貴族の多くは家業などを継ぐ見込みがない立場にあった人たちで、不遇の立場であった人が多かった。

いくら不遇の立場であっても、貴族として育った彼等が冒険者から引き抜いた人たちと良い関係性を築くことが出来るかは賭けでもあった。

「アニス様は心配していましたけれど、貴族といっても入団希望した貴族たちは家にいても立場がない奴がほとんどです。だから冒険者に対してさほど忌避感はないですよ」

「しつこいようだけど、本当に何も問題はないんだね？」

「えぇ。元冒険者の人たちは自分の経験から実戦経験がない貴族の人たちに教えることが出来ますし、貴族は逆に礼儀作法を冒険者の人たちに教えたりしているんですよ」

「そっか、仲良くやれてるなら安心だね。ここまで来ればもう準備は調ったと言ってもよさそうかな」

「ええ。研究室はハルフィスがアニスフィア団長の代理として残りますし、騎士団に関しては現地に行ってみないとわからない点がありますが、概ね問題はないでしょう」

「アニス様の準備は出来てるんですか？　メイドを何人か連れていくんですよね？」

「うん、流石に大勢は連れていけないけどね」

何せ私が向かうのは未開の開拓地だ。日々の生活だって楽なものじゃないだろう。そんな場所に連れていくことが出来るメイドなんて限られている。その選定はイリアにお願いしてたんだけど……。

「一人は皆も知ってると思うけど、シャルネだよ」

「あぁ、あのパーシモン子爵家のご令嬢か。そう言えば離宮でメイドをやってるって話をこの前してましたね」

「あの子は弓の腕も優れてるし、魔法だって鍛えればいい線まで行くと思うんだ。最低限の自衛は出来るし、開拓地での生活も苦にしないっていう程に意欲がある。メイドをしてもらいながら護衛も兼ねて貰う予定だよ」

「領地を救ってくれた恩返しもあるのでしょう、忠誠心が高いのは良いことです。良縁に恵まれましたね」

「そうだな！　いやぁ、フェンリルを倒した甲斐がありましたね！」

ナヴルくんとガッくんもシャルネに対しては好意的に見ているようだ。仲良く出来そうで良かった。

しかし、私はついつい深い溜息を吐いてしまった。

「シャルネは素直でいい子なんだけどねぇ。もう一人、付いて来る予定の人がなぁ……」

「何か問題がある方なのですか？」

「問題はないよ。秘書として使ってもいいってイリアが太鼓判を押してくれたんだ」

「能力は問題ないと？　では、何を気に病んでるんですか？」

「それは……」

私が説明をしようとしたところで、ドアがノックされた。

そのドアの向こうから聞こえてきた声に、私はタイミングがいいのか悪いのかと思ってしまった。

「アニスフィア王姉殿下、よろしいでしょうか？」

「……プリシラ、入ってきて」

「失礼致します」

中に入ってきたのは一人のメイドだ。髪色は群青色で、編み込んだ髪を後ろで纏めている。瞳の色は青みがかった紫色で、吊り目気味だ。

その立ち振る舞いはとても自然で、取り繕った表情からは簡単に感情を読み取ることが出来ない。まるで絵に描いたような立派なメイドさんだ。

彼女がシャルネと一緒に現地へと連れていく予定のメイド、プリシラ・ソーサラーだ。離宮に追加された人員の一人で、この度イリアに私の専属として選出された。

彼女の働きぶりは同期の中でも群を抜いて優秀であり、私のスケジュール管理も助けて貰っているのでもう頭が上がらなくなりそうになっている。

そんな彼女は淡々とした様子で、手に持っていた書類を渡してきた。

「こちら、アニスフィア王姉殿下が都市建設予定地に滞在する際の目録となっております。問題がないかの確認を念のためお願いします」

「ありがとう、後で目を通しておくよ」

「はい。開拓地での生活でもアニスフィア王姉殿下の品位を損なうことなく、充実させるように励みます」

プリシラは丁重に一礼をしてそう告げる。ここだけ見ると凄く有能な人に見えるんだけどなぁ。実際、ナヴルくんたちも何を問題視していたんだろう？　みたいな顔で私を見てるし……。

「プリシラには本当に助けられてるよ、感謝している」

「とんでもございません。もしも私の献身を評価してくださるなら、是非ともユフィリア女王陛下にお伝えください。そして行く行くは私も陛下のお側に仕えられれば光栄でございます」

「んん？　ん……？　んんっ？」

「おや、どうかされましたか？　ガーク様」

「いや……その、アニス様に仕えてるのにそこまで明け透けに言うのはどうなのかなって思うんだけど……」

「では伺いますが、本心を隠しておべっかを使うような従者を信用出来ますか？」

「いや、それはそうだけど、建前とか……？　あれ……？　俺がおかしいのか……？」

「これが私なりの忠誠の示し方であり、事前に了承は取っております」

プリシラの返答を聞いたガッくんはちらりと私を見た。ナヴルくんとハルフィスもまた同じように視線を向けてくる。

揃えたかのような反応に、私は苦笑しながらも肯定した。

「私も逆にここまできっぱり言ってくるなら信用出来そうかなって思って……」

「私はユフィリア女王陛下へ忠誠を誓っております。ですので、女王陛下がアニスフィア王姉殿下へと仕えろというのなら誠心誠意、心を込めてお仕えする所存です」

「あぁ、うん……あくまでユフィリア女王陛下への忠誠なのな……？」

「女王陛下は素晴らしいお方ですので。このプリシラ・ソーサラー、身も心もお捧げしたく思っております。ですのでアニスフィア王姉殿下と仲良くしていたいという下心もございます」

「本当に何も隠さないな、アンタ⁉」

「ね？　逆に疑うのも馬鹿らしくなってくるよね？」

　だからこそ採用されたし、逆にこれが理由でユフィの側に置くのは問題になりそうということで私に仕えるということになった。

　私自身、まだ自分に忠誠を向けられるということに慣れていない。だからこそユフィへ忠誠心があり、お近づきになりたいので私にも誠実に対応すると公言するプリシラについ安心感を覚えてしまった。

　実際、仕事はきっちりやってくれるし、とても有能だ。実家が伯爵らしく、礼儀作法の面でも頼りになる。私の不足している部分を補ってくれる有用な人材だ。

　性格や態度に少し難はあれども、十分に目を瞑ることが出来る。

「まぁ、今後顔を合わせることが増えるから仲良くしてあげてね」

「皆様、どうかよろしくお願い致します」

表情の選択に困ると言わんばかりのナヴルくんたちに、プリシラはどこまでもブレずに丁重に一礼をするのであった。

＊＊＊

夜となり、自室で空を眺めながら私はぽつりと呟（つぶや）いた。

「……もうすぐ、か」

私が魔学都市の建設予定地に向かう日が近づいてくるのを日に日に強く実感する。

書類の確認が増えたのも、私がここを離れてしまう前に片付けておく必要があった案件のものばかりだ。

エアドラを持って行くので、休日には王都に戻ってくるけれど……。

そんな妙な気分だったからだろうか。私は自室を後にして工房へと足を運んだ。

最近は忙しくて工房に足を踏み入れる機会は減っていた。掃除はイリアがしっかりしてくれているから埃（ほこり）もなく、綺麗（きれい）に整頓されている。

「……なんか違和感があるなぁ」

ここでどれだけ徹夜をして、資料や物を散らかしてはイリアに怒られただろうか。

失敗を繰り返して、それでも魔法を求めて邁進（まいしん）していた日々を思い出してしまう。

「あの頃はイリアしか離宮にいなかったんだよね……」

元々人の訪れが少なかった離宮だけど、特にこの工房にはイリアとティルティ以外の人は入れないように徹底していたし、ここでの記憶は一人で過ごしたものが大半だ。

それが今となってはどうだろうか。ユフィが女王になって状況が変わり、離宮にも多くの人が入るようになった。

良い変化だと思う。けれど、変わってしまったことがとても落ち着かない。

「一人でいい、理解されることなんてないからなんて、今思えば捻くれてたよね、私」

私は皆と違う、どんなに理解を求めても受け入れて貰えない。それならいっそ理解なんて求めない。ただ自分のために魔法を求め続けた。

そうしないと、どうしようもない柵に囚われて息が出来なくなりそうだったから。

「イリアもいてくれたし、父上も母上も自由を許してくれたのにね」

振り返って思えば、私自身のことを誰よりも受け入れてあげられなかったのは自分なんだと思う。

魔法に憧れたくせに魔法を使えなかった自分。だから必死になって魔法を求めた。

そして結果を出さなければならない。そうでなければ許されない。世界で一番、自分が誰よりも許せない。自分ですら自覚がない程に思い込んでいた。

今はどうなんだろうか。少なくとも過去に感じていた痛みや苦しみは、もう何もかもが遠い思い出のようなものだ。

「皆に満たして貰ったんだよね……だからそんなこともあったって、振り返られる」

辛(つら)いとは思わなかったんだ。辛いと思わないようにしていただけだと、後で気付かされたけれど。これも過去を振り返られるようになったからだろう。

だからこそ思う。私の努力は決して無駄ではなかったって。積み重なった思い出は今の私を作ってくれている。その実感を今、私に感じさせてくれる。

そんな感傷に浸っていると、工房の扉が開かれた。思わずハッとなりながらも視線をそちらに向ける。

そこには寝間着姿のユフィが立っていた。

「アニス、こちらにいたんですか」

「ユフィ？」

「部屋にいなかったので。こちらにいると聞いて来たんです」

ユフィは工房の中に入って、私の隣に立つ。それから私の手を取り、指を絡(から)めてきたので、私もそっと握り返す。

私たちはお互いの顔を見つめ合って、どちらともなく笑い合う。

「ちょっとね。感傷的な気分になっちゃって」

「もうすぐ魔学都市の建設に本腰を入れるからですか？」

「王都を離れちゃうからね」

「……そうですね」

ユフィの手の力が強くなって、私たちの手が更に絡み合う。無言だけど、離れて欲しくないと言っているも同然だった。

「寂しい？」

「アニスはどうなんですか？」

「感傷的になるぐらいには？」

「もっと素直に言ってください」

「それはユフィにも言えるんじゃないの？」

「……寂しいですよ」

ユフィは私に軽く寄りかかるようにして肩を預ける。

何度も繰り返した夜の二人だけの語らいの時間。私にとっても、ユフィにとっても癒しの時間になっていた筈(はず)だ。

私の代わりに女王になることを決意して、本当にその頂まで上り詰めてしまった人。

「……なんとなく思い出しちゃうね」

「何をですか？」

「ユフィが離宮に来ることになった婚約破棄のこと。ユフィを連れ出したあの日のことを今、なんとなく思い返しちゃうんだ」

あの日から私たちの運命は結びついたのかもしれない。

うっかりユフィの婚約破棄の現場に飛び込んだ時は、こんな関係になるなんて想像もしていなかった。私が進んでいく未来にユフィが隣に立ってくれるなんて。そう思うと自然と笑いが込み上げてきた。

「アニス？」

「いや、ちょっとおかしくなっちゃって。まさか、こんなにユフィを好きになるとは思わなかったなぁ」

「……元々私のこと、好きでしたよね？」

「随分と自信満々に言うんだね？」

「貴方のおかげです」

ユフィが穏やかに笑いながらそう言った。そして、私もその言葉を否定しない。

ユフィには、私が渇望する程までに望んだ魔法の才能がある。

私から見れば誰よりも遠い人で、どうしようもない程に憧れて、妬ましくなる程に憎いとも思っていた。

そんなユフィが私の隣にいてくれる。何度思い返しても不思議な巡り合わせだと思ってしまう。本当に身に余る程の幸運だ。

「確かに、ユフィが自信を持っちゃうぐらい貴方が好きだよ」

それは心からの言葉だった。好きだと口にすれば胸の中にある思いが輪郭を得たようにはっきりと浮かび上がってくる。

ユフィと一緒にいる時間が好きだ。もう手放せないぐらいに。だから彼女と離れてしまうのは辛い。その時が迫ってきて、心から実感してしまう。

「アニス」

「ん？　なに、ユフィ」

「……行かないでと言ったら、困りますか？」

ぽつりとユフィが呟く。身を寄せると私の肩にかかっていたユフィの髪がふわりと揺れながら重力に引かれていく。

確かめるまでもなく寂しそうで、心細くて甘えるような声には心をかき乱されそうになる。この衝動的な思いに身を任せられたら、一体どれだけ楽になるだろうか。

そんな思いを誤魔化すように、私は寄りかかっていたユフィの身体を軽く押して、それから彼女の唇を奪うようにキスをした。

　突然のキスにユフィは目をぱちくりとさせて私を見つめる。

「ごめん、ついユフィが可愛くて」

「……誤魔化しですか？　それとも慰めですか？」

「誤魔化すだなんて、私はそんなに卑怯じゃないよ。ちゃんと心を込めてしたんだよ」

「じゃあ卑怯者ですね、私の心をそうやって弄ぶんですか？」

「先に弄んだのはユフィだもん！」

「事実無根の言いがかりです」

「確信犯でしょ？」

　互いに顔を見合わせて、堪えきれずに笑い合う。

　寂しいけれど、辛いけれど、同じ思いを確かめることが出来るだけでこんなにも笑いが込み上げてしまう。本当に心というものはままならない。

「平気じゃないよ。だから思い出に浸ったりとか、感傷的なことをしてる。でもユフィも同じ気持ちだって思ったら嬉しくて、ホッとした」

「……そうですね」

お互い、不安なのは同じだ。離宮で一緒に過ごすようになってから、こんなに長い時間を離れることは滅多になかったから。

それでも私たちはこの国を変えて、望む未来を築き上げる選択をした。選択をしたからには責任を果たさなければならない。

そう思うのに、やっぱりユフィと離れたくないと心は嘆き出す。何度も結論を出しても、悔恨を繰り返すことを止められない。

「寂しいし、苦しいね。離れたくなんかないよ」

「……はい」

「でも、これが私の夢で、ユフィが望んでくれて、叶(かな)えようって決めたことだから」

「もうアニスだけの夢じゃありませんよ。私も心から望んでいます。ですから、お互いに頑張りましょうね」

「……うん」

「私は国王としての責務を果たします。そして、貴方が帰る場所になります。だから自由に羽ばたいてください。思うままに貴方の夢を追いかけてください。疲れたなら戻ってきてください。私はいつでもアニスのことを思っています。貴方のためになるなら私はいくらでも頑張れますから」

「……あぁ、本当。だからユフィは真っ直ぐ過ぎるんだよ、頬が熱くなっちゃうじゃん。

堪えきれなくなって、ユフィと正面から向き合って強く抱きしめる。肩口に顔を埋めて、
彼女の存在を全身で感じ取る。

「……ユフィは狡い」

「よくわかりません。どうして狡いのですか？」

「狡いから。本当に好き、いっぱい好き。ユフィが大好きなんだ」

「はい。……私も、アニスが大好きですよ」

ユフィを抱き締めていた腕の力を緩めて、ユフィと顔を見合わせる。自然と距離が近づいてユフィの唇を啄むようにキスをする。

一度じゃ足りない。ユフィの息を奪い取るように何度も口付ける。ユフィの手が私の背中に回されて互いの距離がもっと密着する。

一瞬のような永遠。永遠に思える一瞬。どちらとも言える重なる時間に私は心から湧き上がってくる愛しさのままにユフィを強く掻き抱いた。

「辛くなったらいつでも呼んで。すぐ駆けつけるから」

「はい」

「完璧でいないで。弱くなっていいから。辛くなったら頼って」

「はい」

「愛してる。この世界で一番、誰よりもユフィを愛してる」

「私も。貴方を愛しています。この世界で何よりも貴方のことを」

ユフィの鼓動の音が聞こえる。彼女の息遣いを感じられる。この手放したくない温もりを私はずっと覚えていられる。

まだ夜は明けない。夜は長いから、まだこの愛しい温もりに溺れていたい。

＊　＊　＊

そうして時が流れて、遂に私が魔学都市の建設予定地へと向かう日がやってきた。

「アニスフィア王姉殿下、荷物の最終確認が終わりました」

出発の予定時刻が迫る中、快晴の空を見上げていた私にプリシラが声をかけてきた。

プリシラの隣には、一緒に最終確認を頼んでいたシャルネがいる。私は二人に笑いかけながらお礼を伝える。

「プリシラ、シャルネ、ありがとう。お疲れ様」

「恐縮です。それでは、私は挨拶を済ませてきますので」

「い、行ってきます！」

「ふふ、行ってらっしゃい」

シャルネの初々(ういうい)しい振る舞いに自然と笑みが浮かんでしまう。離れていく彼女たちの背を見送って、私はそっと息を吐く。

すると、今度はナヴルくんとガッくんが近づいてきた。

「ナヴルくん、ガッくん、お疲れ様。護衛の打ち合わせは大丈夫だった？」

「ええ、問題はありません」

「ナヴル様がちゃんと主導してくれたんで任せておけば大丈夫です！」

「……ガーク、お前にもそろそろ立場相応の振る舞いをして欲しいんだがな」

「あははは……挨拶とかはしてこなくていいの？」

「もう済ませておいたから大丈夫ですよ！」

「ええ。いつでもここを発(た)てます」

「そっか、それならよかった」

「準備は万端のようだな、アニス」

「父上！　それに母上！」

ナヴルくんとガッくんと話してると父上と母上がやってきた。ナヴルくんたちはすぐさま姿勢を正して、父上と母上に礼を取った。

「先王陛下、王太后殿下にご挨拶を申し上げます」

「堅苦しい礼は構わんよ、仰々しい出立の場でもないからな」

父上はそんな二人にやんわりと姿勢を楽にするように軽く手を掲げた。

ナヴルくんたちが姿勢を戻すと、父上はジッと私を見つめてきた。見つめられていると妙に居心地が悪くなって挙動不審になってしまう。

「あの、父上……」

「……アニス、お前が離宮を離れる日が来るのは感慨深いな」

「え？」

ぽつりと呟いた後、父上は遠くを見やるように視線を空へと向けた。そんな父上の言葉に私は呆気に取られたけれど、すぐに苦笑に変わってしまう。

「休日には戻ってきますけどね。でも、感慨深いのはわからなくもないです。私が離宮を出るとしたら、もうこの国に居場所が無くなる時だと思ってましたから」

「そんなことを言ってくれるな。もうお前はこの国に欠かせぬ存在となったのだから」

「そうですよ！　アニス！　今や貴方はこの国に欠かせない者なのだという自覚を持ち、己の振る舞いが他人からどう見られるのかを意識するのですよ？　決して今までのように破天荒な振る舞いは……！」

「う、うぅ……っ！　母上、出発前までお説教は勘弁してください……！」

「そうだぞ、シルフィーヌ。今日ぐらいは説教するのではなく、素直に送り出してやろうではないか。心配なのはわかるが、少しは甘やかしてやったらどうだ？」

「……もうっ！　オルファンス、貴方は本当にアニスには甘いのだから！」

「グボォッ！　こ、腰を強打するのは止めよ！」

いつものように厳しい面持ちで私に話しかけた母上を、珍しく父上が窘めた。すると、母上が顔を真っ赤にして父上の腰を思いっきり叩いてた。

思わず目を丸くしていると、母上が気を取り直したように咳払いをする。その耳は赤いままだけど。

「……か、身体に気をつけるのですよ、アニス。休日に戻ってくるなら私たちにも顔を見せなさい」

「はい、母上！　ありがとうございます！」

「きゃっ⁉　あ、アニス⁉」

辿々しく言葉を重ねる母上が愛おしくて、つい抱きしめてしまった。

母上から可愛らしい声が聞こえてきたけど、こうして見ると幾つになっても可愛い人だな、と思う。

「アニス……！　は、放しなさい……！」

「……母上、いつも心配かけてごめんなさい。でも、これからは大丈夫です」

「……アニス？」

「ちゃんと周りの人とよく話して、よく考えて生きていきます。生き急いだりしません。必ず帰ってきます。私の大事な人がここにいます。勿論、母上だってその一人です」

「ッ、わ……わかりました、わかりましたから……！　だから放しなさい……！」

母上は顔を真っ赤にして弱々しく私の身体を押してくる。なにこの母上、本当に可愛い。

最後にもう一度ぎゅっと抱き締めてから母上を放すと、どんな顔をして良いのかわからないといった様子で母上が目を泳がせてる。

大人しくなった母上から父上に視線を向けると、穏やかな笑みを浮かべて私たちを見守ってくれていた。

「もう私から言うことはない。励めよ、アニス」

「はい、父上もお元気で。父上からの研究報告も楽しみにしていますよ」

私がそう返事をすると、父上は私の頭を撫でた。それだけで十分だと言うように。

私も改めて父上に何か伝えたいということはない。別にこれが今生の別れって訳じゃない。ただ、少しだけ距離が離れてしまうだけ。

「アニス」

「ユフィ」

今度はユフィがレイニとイリアを伴ってやってきた。

私たちは互いに名前を呼んで、指先を触れ合わせながら額を合わせる。

ユフィはそれだけで満足だというように離れた。話すべきことは出発前に語り尽くしたから、これ以上の言葉はいらない。

「そうだ、ユフィ。手を出して」

「？　はい？」

私はユフィが差し出した手に、そっとある物を載せた。

ユフィの手の上に載せたソレを見て、横に控えていたイリアが目を丸くした。

「アニスフィア様、それは……」

「うん。私の工房の鍵、私とイリアしか持ってない鍵だ」

「……これを、私に？」

「ユフィに持っていて欲しい。あそこは私の人生の大半が詰まってる思い出の場所だから。預かってて欲しいんだ。私が帰って来るまで」

ユフィは渡された工房の鍵をじっと見つめて、綻ぶような笑みを浮かべた。

それから小さく頷いて、ぎゅっと両手で鍵を握り締める。それから私を見つめながら口を開いた。

「アニスの鍵、確かに預かりました」

「うん。もうすぐ時間だ。そろそろ行くね」

「はい。お気を付けて」

少しだけ名残惜しそうにユフィは一歩退く。ユフィが一歩退いたことで横に並んだイリアが呆けたように私を見ていた。

「……イリア？　どうかしたの？」

「……ぁ、いえ。何も」

「何も、って顔じゃないでしょ。何？　どうしたの？」

「……アニスフィア様が、工房の鍵を手放してしまったのに驚いただけです」

イリアは視線を落として、そっと胸元を撫でた。イリアは普段、紐に吊して胸元に私の工房の鍵をかけていたことを思い出した。

離宮の鍵は特別な関係の印のようなものだとイリアは思っていたのかもしれない。そう考えれば、私が離宮の鍵をユフィに預けたことはちょっとした衝撃なのだろう。

そう思うと、どうしてもイリアに伝えたくなった言葉が浮かんだ。

「イリア」

「はい、何でしょう？」

「幸せになってね。ここまで付いて来てくれて、本当にありがとう」

貴方は私にとって一番身近で、姉のように感じていた味方だった。

でも、私たちは変化を迎えて、互いにそれぞれ大事な人も見つけた。そして、遠く離れた場所でそれぞれの役割を果たすことになる。

何年か前の私に言っても信じないかもしれない。特にイリアなんてもっと信じないだろう。でも、それがどうしようもなく幸福なことだと思える。

そう思っていると、イリアの目からぽろりと涙の粒が落ちていった。

「えっ⁉ イ、イリア⁉ どうしちゃったの⁉」

「……はい？ あ、涙が……」

自分でも吃驚したのか、イリアは自分の頬を指で撫でて涙を拭う。

それから一度、ぎゅっと目を閉じた。大きく深呼吸をするように呼吸を整えて、イリアはとても穏やかな笑みを浮かべてみせた。

「アニスフィア様、今日までお側にいられたこと、本当に幸せでした」

「……別に今生の別れって訳でもないでしょう？」

「それでも、伝えたくなったんです。あまりシャルネとプリシラに無理を言ってはダメですよ？」

「わかってるよ」

「無理はなさらないでください」

「わかってるって」

いつものように言葉を交わし合う。けれど、変わらないままじゃいられない。

一瞬、戸惑ったように手を引っ込めてから、イリアがおずおずと手を伸ばしてきた。

その手を拒まずにいると、イリアが私の身体(からだ)をそっと抱きしめた。私も抱擁を返すように背中に手を伸ばす。

「……寂しくなりますね」

「……うん。でも、少し別れるだけ。またすぐ会えるよ」

「それでも、一区切りですね」

「うん。これからは、お互いの人生をそれぞれ頑張ろう」

「はい。ですから、私はここで待っています。貴方のお帰りをずっと」

イリアの声はとても優しくて、感情が表に出ている。かつてのイリアを知っている身としては本当に変わったと思う。その変化が何よりも嬉(うれ)しい。

そうしてイリアと抱き合っていると、ちょっと慌ただしい様子でレイニが駆け寄ってきた。それを見たイリアが素早く私の身体を離す。

あまりの速さに一瞬、ぽかんとしてしまった。イリアは何事もなかったかのように澄ました表情を浮かべている。

まったく、と溜息（ためいき）を吐（つ）いているとレイニが声をかけてきた。

「アニス様、どうかお気を付けて。父にもよろしくお願い致します」

「わかったよ、レイニもユフィとイリアをお願いね」

「はい、お任せください」

大事な人たちとの別れの挨拶は済んだ。すぐに帰ってくるとは思いつつも、期待と不安で胸が揺れる。その思いを零（こぼ）さないように胸を撫でてから、私は顔を上げた。

「それじゃあ、出発しようか！」

向かうのは新天地。未（いま）だ夢半ばの理想を目指して、私は旅立った。

快晴の空から、自由に高く舞う鳥の鳴き声が聞こえたような気がした。

５章　いざ、新天地へ

　馬車の窓の向こうでは景色が流れるように過ぎていく。けれど、この変化は緩やかで、見ていると段々飽きてしまう。

「暇だね……」

「次の休憩までまだお時間があります」

「それはわかってるよぉ」

　思わず零した呟きにプリシラが律儀に答えてくれる。休憩がまだ先なのはわかってるんだけど、言われてしまうとやっぱり気持ちが萎えてしまう。

「え、えっと……何かお話でも致しましょうか？」

　気を遣ったのか、シャルネが提案してきた。小動物めいた愛らしい姿に和みつつ、暇を持て余している状況を変えられるならと乗ることにした。

「それじゃ、何か聞きたいことを聞き合うってことにしようか。シャルネのことは領地で会ってるから知ってるけれど、プリシラのことはあまり知らないしね」

「私の話ですか？」

「あまり個人的な話はしたことがなかったでしょ？」

　まぁ、プリシラがユフィへの敬愛一筋で距離感を計るのに難儀したせいではあるんだけど。どうしてそこまでユフィを敬愛しているのか気になるところではある。

「そうですね……何からお話しすればよろしいでしょうか？」

「プリシラの家族は？　ソーサラー伯爵家ってどんな家なの？」

「西部に領地を持つ平凡な伯爵家ですよ。特に秀(ひい)でている訳でも、落ちぶれてもいる訳でもない、語ることもないつまらない家です」

「お、おぅ……？」

　結構辛辣なことを言っている気がするけれど、もしかしてプリシラは実家のことが嫌いなんだろうか？

　そんなことを思いながらプリシラの様子を窺(うかが)っていると、彼女は微笑を浮かべた。これは笑っている筈(はず)なのに恐ろしい類いの笑みだ。

「何をお考えになっているのか丸わかりですよ。私は実家に対して愛着がないだけなので、嫌いという訳ではありませんよ」

「人の心を読まないでよ……」

「アニスフィア王姉殿下はわかりやすいので、腹芸には向いてませんね」

「うぅ、そんなの自分が一番わかってるから改めて指摘しないで」

腹芸だとか、社交だとかは本当に苦手なんだよ。回避出来るなら出来るだけ回避したいと思ってしまう。

「それでは話を戻しますね。私の家もそれなりに複雑な事情がありまして」

「どの家にも色々とあると思うけど……」

「ですので、血縁上の父は惨(むご)たらしくお亡(な)くなりになって欲しいと思ってます」

「いきなり話が飛んだし過激になったね⁉　それって嫌いってことなんじゃないの⁉」

本当にこの子は摑(つか)みどころがないね⁉　そんな思いからジト目で見るけれど、プリシラは何事もなかったかのように話を続ける。

「そうですね。父親に関してはユフィリア女王陛下の敏腕によって見事に当主の座から引きずり下ろされたので、ザマァ見ろと思う程には嫌っております」

「凄(すご)く嫌ってるじゃん……」

プリシラは微笑を浮かべたまま淡々と言っているけれど、それが逆に恐(こわ)い。ひんやりとした冷気が馬車の中を包み込んでいきそうだ。

「え、えっと……お父様と何があったんですか……？」

　プリシラから発せられる冷気が渦巻く中、シャルネが震えながらも問いかける。

　するとプリシラは小さく息を吐いた。そのまま窓へと視線を向けて、ぽつりと呟く。

「私は庶子なんです」

「あっ……そ、そう、なんだ」

「ええ。私の母を孕ませて私を仕込んだくせに、私に興味を持つこともなく、メイドをやってても実の娘だと気付かないような男だったのでほとほと愛想が尽きたんです」

　うわぁ、と思わず呻き声を出してしまった。シャルネはあんまりな話を聞いてしまったせいで完全に固まってしまっている。

　でも、悲しいことだけどそういう貴族が結構いるんだよね。プリシラもそうした不幸を味わってしまった被害者なのか。

　ユフィが貴族たちの綱紀粛正に力を入れたのも、こういった事例があるからでもある。こんなことが罷り通っていれば貴族と平民の間に溝を作る原因になってしまう。

「幸いなことに次期当主である異母兄がまともな方だったので、あの父と呼ぶのも躊躇う男が失脚するのと同時に当主の座を奪い取り、私に令嬢としての地位を保証してくれたのです」

「そうなんだ……お兄さんがまともな方で良かったね？」

「ええ、本当にいい方ですよ。顔を合わせないくせに不祥事がバレることを恐れて外に出すことを恐れて閉じ込めたはいいものの、その娘がメイドとして働いてても一切気付かない父親に比べれば」

「……率直に言うけど、その父親はクズだね」

「見解の一致を得られて大変喜ばしく思っております」

親を反面教師にしたからなのか、それとも元々持っていた素質なのかわからないけれど、プリシラの事情を聞くと味方になってくれる人がいてくれたのは救いだ。

父親の話をしている時は冷気を振りまいていたプリシラだけど、お兄さんの話をする時は少しだけ暖かい空気を醸(かも)し出しているようにも見える。

するとシャルネが不思議そうに首を傾(かし)げながら問いかけた。

「あれ？　でも、それならどうして離宮のメイドに志願したんですか？」

「兄は私を正式に妹として迎え入れるつもりでしたが、今更になってお嬢様として生きるより、我が家の状況を一変させてくれた救い主であるユフィリア女王陛下に忠誠をお捧(ささ)げしようと思い、今に至ります」

「ユフィをそこまで敬愛している理由はそれか……」

つまり、プリシラから見ればユフィは救世主みたいなものだった訳だ。

それならユフィへ忠誠心が湧くのは当然の流れだと思うけど……。

「それに私の母は平民で、それ故に大変苦労したのです。平民の地位も上げようと試みているアニスフィア王姉殿下のこともオマケでオマケで敬愛しております」

「オマケって言った⁉　今、オマケって言ったよね⁉」

「やはり私の美的感覚と信仰心から鑑みて、ユフィリア様が一歩リードしておりますので。ですが、ユフィリア様に気に入られるためにはアニスフィア王姉殿下からの好感度も重要だと思っているので、心を込めてお仕えしたいと思っております。どうか末永くお側に置いてください」

「うん、その台詞で仲良くしようって言われても反応に困るね？」

私よりユフィが好みだし、ユフィに気に入られたいから私と仲良くしますって明け透けに言ってる相手に、どんな表情をすればいいんだろう。

生まれ育った環境が特殊だったから、こうも不貞不貞しい性格になってしまったんだろうか。逆に、比較的まともそうなお兄さんがどんな人なのか気になってきたな……。

「本心を隠さないことで信頼を得たいという私の浅ましさでございます」

「プリシラは特技に面の皮が厚いことって書いても通用すると思うよ……」

「お褒め頂き、恐悦至極に存じます」

「褒めてない、褒めてない」

　プリシラはイリアに似ているようで、反応に困る言動なんだよね。

　悪意らしきものも感じないし、言動に目を瞑れば秘書として非常に優秀だ。アクの強い子だと、つい溜息を吐いてしまう。

「折角ですので、私からも質問をよろしいでしょうか？」

「私に？」

「はい。どうすればユフィリア女王陛下のお眼鏡に適うのかをご教授頂きたく」

「……ユフィは真面目に仕事してる人が好きだよ」

「では、心を込めて真面目にアニスフィア王姉殿下の支えとなりましょう。これもユフィリア女王陛下へ近づく第一歩です」

「あぁ、うん、そうだね……頑張って？」

「シャルネからは何かアニスフィア王姉殿下に質問はないのでしょうか？」

「ひゃいっ⁉　し、質問ですか⁉　わ、私は特に……！」

「おや、いけません。そんな控えめな態度ではアニスフィア王姉殿下のお心を摑むことは難しいですよ。このお方は気さくに見えて心の壁が高いので、こちらも少し崩した態度で警戒を解いていくのが有効な攻略方法ですから」

「本人を目の前にして攻略方法とか言ったらダメじゃない？」

「くっ……これは不覚……！」

「全然不覚を取ったって表情じゃないんだけど……」

「……ぷっ、あははは！　プリシラさんって変な人ですね！」

緊張が解れたのか、シャルネが堪えられないといった様子で笑い始めた。

それを見たプリシラが穏やかな目でシャルネを見ていることに気付く。私の視線に気付いたプリシラと目が合ったけれど、彼女はそっと立てた人差し指を口元に当てながらウィンクするように片目を閉じた。

これはもしかしたら、私をからかっているとかではなくて、シャルネの緊張を解すためにしたことなのかもしれない。

気遣いの方法こそおかしいけれど、もしそれが正しいならプリシラなりに周囲に対して気を配っているのだろう。

それがなんだか憎めなくて、私も頬を緩めてしまう。流石はイリアが選んでくれた二人だ。王都に戻ったらイリアも労ってあげよう。

これを機に、退屈な馬車の移動でもプリシラとシャルネと楽しく会話をすることで気を紛らわしたのだった。

＊　＊　＊

「んーっ、ついたーっ」

「王姉殿下、はしたないですよ」

「馬車の移動が長くて、身体ガッチガチになっちゃったんだよ。ちょっとは見逃してよ」

「人の目がありますので、いけません」

「はいはい、わかってますよーだ」

新造都市建設予定地。馬車に乗ってようやく辿り着いた地で私はグッと固くなった身体を伸ばす。するとと馬車に同乗していたプリシラに注意された。

適当な返事をしながら新造都市の建設が進んでいる光景を見つめる。

建設予定地は大きな川の横になだらかな丘が広がっている。その丘には岩を積み上げて作られた壁が並んでいる。

その壁は現在進行形でどんどん増築されている。それを可能にしているのが魔法だ。

「よーし！　土壁を出すから一回離れろよー！」

周囲にそう呼びかけた後、少し遅れて土壁がもこもこと盛り上がってくる。それが粘土のように加工されていく。そうして出来上がった壁を基礎にして岩を積み上げる。

人々が活き活きと作業する光景を見ながら、私は護衛するために近くに立っているナヴルくんへと声をかける。

「ナヴルくん、あの人たちが先遣隊として送った騎士団の人たちだよね？」

「そうですね。住居と壁作り、あとは周囲の警戒と魔物の間引きで班を分けて作業している筈です」

「もうここまで壁がしっかりしてるなんて、驚きだよ」

「送り出した者たちは、教師を担当した魔法省から合格を頂いた者たちですからね。魔法で建築を進めれば短い期間でここまでの成果を出せると証明出来たようなものです」

「王都に戻ったらラングにも感謝を伝えておかないとね」

私も魔法の知識量には自信があるけれど、魔法の実践や教育などは魔法省に及ばない。建築に魔法を使うことに対して戸惑いがあったけれど、この成果を報告すれば考え方を変えてくれる人も出てくるかもしれない。

そんな手応えを感じていると、遠くから私たちの方へと向かってくる人が見えた。

それは騎士服を身に纏ったシアン男爵だった。

「アニスフィア団長、長旅ご苦労様です。到着をお待ちしておりました」

「シアン男爵……じゃなかったね、ドラグス副団長。お勤めご苦労様」

互いに騎士の礼をしながら顔を見合わせて、どちらからでもなく笑い合う。

まだまだ呼び慣れない呼称と立場に戸惑っているのはお互い様のようだ。

「正直、副団長などと言われても分不相応で身に余りますが……」

「それはお互い様だよ、これから慣れていきましょう。早速だけど、現場の状況を確認したいんだけど」

「その前に少しお休みください。日が沈めば周辺の偵察に向かっている者たちも戻ってきますので、夕食の後で詳しい話をしましょう。まずは拠点へとご案内致します」

ドラグス副団長の案内で私たちは移動する。向かった先には無骨な砦があって、中へと通される。

外観から感じたイメージにそぐわない殺風景な内装だけど、開拓を始めたばかりにしては十分すぎる程の砦だ。中を観察しながら移動して辿り着いたのは、今まで見てきた砦の中で、比較的大きな部屋だ。

「アニスフィア団長の部屋はこちらです。王族の使う部屋と言うには恐れ多くはありますが、ご容赦頂ければ……」

「開拓を始めたばかりなんだから、文句を付ける気はないよ。それにここにいる間は王族として振る舞うつもりもないし。どうか仲間の一人として扱って欲しいな」

「畏(かしこ)まりました。とはいえ、それでも貴方様(あなたさま)こそが我らの長であります。それ相応の待遇を受けることにも納得してくださいね？」

ドラグス副団長は苦笑を浮かべながらそう言った。それに私も苦笑を浮かべつつ、了承したというように軽く手を振った。

「何かあればお申し付けください。それでは、夕食時になりましたらお呼びします」

「ありがとう、ドラグス副団長」

私がお礼を告げると、ドラグス副団長は丁寧に礼をしてから去って行った。

その背を見送って、私は一緒に案内されていたプリシラとシャルネに視線を向ける。

「よし、それじゃあ荷物の整理をやっちゃおうか」

「そうですね。ここが開拓の最前線ですので贅沢(ぜいたく)は望めませんが、それでもアニスフィア王姉殿下が住むに相応(ふさわ)しい部屋にしなければなりません」

「いや、雨風を凌(しの)げれば私は構わないよ？」

「ドラグス副団長も仰(おっしゃ)っておりましたが、アニスフィア王姉殿下には身分相応の待遇というものを受けて頂かなければ下の者たちへの示しが付きませんので」

「むぅ、わかったから小言は勘弁して……」

「ご理解頂けて嬉(うれ)しく思います。それではシャルネ、片付けてしまいましょう」

「はい！」

プリシラの指示にシャルネは元気よく返事をして、荷解きを始めた。

そして荷解きも終わり、一段落付いた頃合いで夕食の準備が調ったとのことで、私たちは食堂へと移動した。

そこでは既にドラグス副団長が待っていて、給仕たちが椅子を引いてくれた。

「お待たせ致しました。十分な食事には程遠いですが、是非召し上がってください」

「構わないよ。というより肉が充実してて十分過ぎる程だね」

「魔物には事欠きませんからな。まずは頂きましょう」

出された夕食は、なんとも茶色が目立つ色合いだった。

つまりはお肉である。スープにもごろりと肉が入っていて、身体が資本である騎士たちには喜ばれるメニューなんじゃないかと思いながら食べ進める。

「これは魔物の肉ですか？」

「えぇ。いくら狩っても尽きない程に毎日魔物が寄ってきますからね」

「それは大変だ。開拓は順調？　何か問題とか起きてないかな？」

「特に大きな問題は起きていません。騎士たちも頑張ってくれていますので。今日の食事もアニスフィア団長がいらっしゃるからと、皆で張り切った成果でもありますが」

「そうなんだ、じゃあちゃんと味わって食べないとね」

騎士たちの厚意だと言うのなら、ありがたく頂かないと。

そう思いながら食事を進めて、食後のお茶まで楽しみながら話し合いへと移っていく。

「それじゃあドラグス副団長、開拓の進捗について聞かせて欲しいな」

「至って順調であります。先ほどもお伝えした通り、大きな問題は発生していません。ただ、何分初めてのことが多いですから、これから問題が出てくるかもしれませんし、その予測をするのもなかなかに難しいものですな」

「新しいことはやってみないと問題点が出て来ないからね。一通り進めている作業について聞かせて」

「畏まりました」

それから私たちはドラグス副団長から開拓の進捗について細かな点まで確認した。

魔物の襲撃の頻度が多いため、騎士たちで隊を組んで周囲を巡回して魔物を間引きしている。今日出された肉はこの間引きによって得られた副産物だとか。

街を作っている魔法使いたちもやる気に満ちあふれていて、予定より工程が進んでいるという朗報もあった。士気は非常に高くて良い現場だとドラグス副団長も落ち着いた様子で語っていた。それこそが開拓が順調である何よりの証(あかし)だと思う。

「魔道具の導入によって個人の戦闘力も上がっておりますし、重傷者が出ても近隣の村にエアバイクで運ぶことが出来るという大きな利点があります」

「仮に重傷でも処置が早ければ早い程、生存する確率は上がるからね」

「ええ。防衛の際には建築を進めている魔法使いたちの助力も得られますし、万全の体制と言っても過言ではないでしょう」

「問題なく進んでいる点は安心したけど、それが慢心にならないように注意していきたいね。本当に些細な懸念でもあるなら聞いておきたいけど」

「そうですな……私が気にしていることと言えば、騎士たちの疲労ですね。長期間の開拓で騎士たちがどれだけ疲弊するか、それによって状況は変わるでしょう」

「疲労か……」

魔法によって城壁は順調に築かれているけれど、川が近いだけあって魔物の襲撃回数はどうしても多くなる。

襲撃を警戒する以上、防衛する騎士はどうしても消耗してしまう。まだまだ拠点も快適な環境ではないし、ドラグス副団長が危惧するのも当然の話だ。

「この懸念は拠点が整えば改善に向かうと思います。後はアニスフィア王姉殿下が懸念している通り、順調に進みすぎて気が緩んだり、油断に繋がることが恐ろしいですな」

「そこは上に立つ者として順次気を引き締めて貰うとして、今大きな問題が起きてないなら、それは良いことだって余裕を持つのも大事かな？」

「ええ、備えつつも張り詰めすぎない程度にですな」

「開拓が進んだら娯楽の充実もさせたいところです」

「食事も肉には困らないけれど、肉ばかりなのもなぁ」

「食べられるだけマシですけど、食事に飽きてしまうと苦痛ですからね……」

ナヴルくんとガッくんも意見を出すと、シャルネがうんうんと頷いている。シャルネに至っては一度、食料にも困ったことがあるから尚のことなんだろう。

「物を揃えるなら商会を招くことが出来ればいいんだけど、輸送の問題もあるからなぁ」

「であれば、冒険者ギルドとも足並みを揃えるのが良いかと思います」

「あぁ、商人たちの護衛ってことだね。それなら経済も回せそうだね」

「周辺の村や町についての情報は資料に纏めておきますので、後日計画を立てるのがよろしいかと」

「ありがとう、プリシラ」

「アニスフィア団長は優秀な秘書と出会えたようですな。私も書類仕事は悩ましいもの、良い人材に恵まれたいものです」

「これからそういった人材もどんどん増やしていきたいですね」

「ええ、彼等が安心してこの都市で働けるように頑張りましょう」

ドラグス副団長はそう言って、にやりと笑みを浮かべた。

私たちの話し合いは終始、そんな穏やかなまま続くのだった。

＊＊＊

開拓の拠点に到着してから次の日の朝。私は早速現地の視察に出るために皆を連れて外に出ていた。

「今日から早速、開拓を進めるために動いていくことになるから、頑張ろう！」

「はーい！」

「おーす！」

私の声かけにシャルネが元気よく、ガッくんがやや力が抜けそうなかけ声を返してくれた。その隣でナヴルくんとプリシラが澄ましているので妙に味わい深い空気だ。

「まずシャルネとプリシラだけど、護衛と秘書として私に同行するように」

「はい！」

「お任せください」

「ナヴルくんとガッくんも基本的に私の護衛について貰うけれど、ナヴルくんは補佐としてドラグス副団長と情報共有することもあると思うから、そこは臨機応変にお願い」

「畏まりました」

「ガッくんは適度に暇を見て騎士団や開拓民の人たちと交流して欲しいんだ。皆の雰囲気や問題が起きてないか確認して欲しい。私が見てるところだと表に出せない人もいるだろうからね。何か報告の必要があれば相談するようにして」

「了解っす！」

「それじゃあ、早速開拓の視察を始めよう！　出発ー！」

そうして私たちは開拓地を巡り始めた。

私の存在に気付くと、作業をしている大工や魔法使いたちが明るく声をかけてくれた。

「おはようございます！　アニスフィア王姉殿下！」

「おはよーう！　建築の調子はどうかなー？」

「バッチリです！　魔法があればどんどん進みますからね、すぐに都市を完成させてみせますよ！」

「こんな名誉な仕事が出来るなんて夢にも思ってませんでした！　精一杯、全力で頑張ります！」

「無理しすぎない程度にねー！」

私がそう声をかけると、雄叫びと誤解する程の声量で返事を返される。

魔法によって土の壁がどんどん築かれ、それが城壁や住宅へと変わっていく様を眺めながら進んでいく。

そんな中でぽつりとシャルネが呟きを零した。

「改めて見ると凄い光景ですね……」

「そうだな……どうしても今までの感覚が抜けず、違和感があるが」

ナヴルくんはどこか落ち着かなさそうに相槌を打つ。そんなナヴルくんの顔を見ながら私は聞いてみた。

「魔法を建築のために大盤振る舞いをするのはやっぱり変に思っちゃうかな？」

「はい。ですがこれは私の意識の問題ですので、これが続けば当たり前になっていくのだと思います」

「その通りです。ナヴル様は全うな貴族として過ごしていたと思われますが、私は実家では厄介者扱いされて、メイドとして働いていた時は魔法で洗濯をしていましたよ」

「魔法で洗濯してたの、プリシラ!?」

「おかげで手は綺麗ですよ」

「あ、うん、そう……本当に綺麗な手だね……」

無表情のまま、手をひらひらと振ってみせるプリシラ。表情と言動と声の軽さが何もかも一致しておらず、ナヴルくんは苦虫を噛み潰したような表情を浮かべている。

「あー、でも辺境だとちょっとしたことは魔法で解決したりしてたなぁ」

「貴族として品位は大事ですけど、何もかもが足りない時は便利なものを使わざるを得ないですからねぇ……」

「……こうして話を聞いていると、自分が如何に恵まれていたかを痛感するな」

理解を示すように呟くガッくんとシャルネにトドメを刺されたのか、ナヴルくんは気落ちした様子で首を左右に振った。

「それを言ったら冒険者で魔法を使える人なんて、使える魔法によっては便利屋扱いされてた程だからね。やっぱり環境と立場次第なんだと思うよ」

「あまり自由すぎても困りますが……」

「そうだね。今回は魔法省が教育してくれてたから任せられるし、魔法使いがどうあるべきなのかは、それを周知するための方法と一緒に常に考えておかないとね」

魔法は便利だけど、便利だからって魔法が全てだと考えるようになったり、悪事に使われるようなことは避けなければならない。

魔法が全てだと考えるようになれば過去に起きた悲劇を繰り返してしまうし、魔法を思うままに使うような勢力が出来て、力を付けられても困る。

魔法は人の願いの映し鏡。だからこそ、それが悪しきものにならないような社会を作っていく必要がある。

「こうして都市を建設するために魔法が当たり前のように使われるようになる。そんな光景こそが私にとって理想と言えるのかもしれないな……」

「何か言いましたか？　アニス様」

「いや、何でもないよ」

私の呟きを拾ったガッくんを軽く誤魔化しつつ、次の場所へと向かう。

向かった先は騎士たちの宿舎だ。非番の騎士たちが思い思いに身体を休めている場所だけど、今日は視察すると伝えていたので残っていた騎士たちが整列して出迎えてくれた。

「アニスフィア団長！　お疲れ様です！」

「ご苦労様。どうかな、開拓は順調？　何か問題が起きてたら気軽に相談してね。本当に些細なことでもいいから」

「問題など特にありませんよ！　ちょっと魔物の襲撃は多いですけど、間引きを始めてからは頻度が減ってますので」

「やっぱり魔物の襲撃は多いと感じる？」

「そうですね……遭遇することは多いですけれど、かといって群れとして大きい訳でもないですし、強い個体がいる訳でもないですね。拍子抜けする部分もなくはないです」

「討伐するのに苦労はしてない？」

「今の俺たちにはアニスフィア団長が作ってくれた魔道具がありますからね！」

「魔道具があれば魔物なんて恐くありませんよ！」

力こぶを見せるようにしながら騎士たちが明るくそう言ってみせた。

自分が作ったものでこんなに喜んで貰えるのは、改めてありがたいと思う。

「それならいいんだけど、使ってて気になった点とかある？」

「そうですね……魔道具を使うようになってから自分の魔力量の限界とかを感じますね」

「それにアニスフィア団長のように使いこなすのは難しいです」

「魔力量、それと操作性か……それればかりは個人差だからねぇ」

私はマナ・ブレイドの形状を変化して自由自在に扱うことは出来るけれど、私が思っているよりもそれは難しいことだと言われているのは知っている。

かといって、それを扱う技能は本人が頑張って身につけないといけないことなので、解決するとしたら難しいことだ。

「魔道具の扱いはもっと極めていかないとって思いますね」

「訓練はしていますが実戦となるとまた違います。戦闘中に魔力切れでマナ・ブレイドが維持出来なくなった奴もいました」

「……そっか。そういうこともあるんだね」

「魔力が尽きればマナ・ブレイドは使えなくなってしまいますからね」

「結局、最後に物を言うのは剣の腕前ですよ！」

笑いながら言う騎士たちの言葉を受けながら、私はつい考え込んでしまう。

マナ・ブレイドは私にとって心強い最高傑作の一つだ。あれがなかったらドラゴンを倒すことも出来なかったし、そこからアルカンシェルやセレスティアルが生み出された。

でも、扱う人によってどういう問題が起きるのかは変わってしまう。それが些細なことのように見えても、後になって致命的な問題を起こすかもしれない。

「……気付いたなら、このまま何もせずにはいられないな」

誰にも聞かれないように呟きを零しながら、私は静かに決意するのだった。

6章　新たな試み

私が新造都市の開拓地に来てから数日が経過した。その間、私はずっとドラグス副団長が記録してくれた報告書に目を通していた。

ぱらぱらと紙が捲(めく)られる音のみが響く中、小さく咳払(せきばら)いをしてからプリシラが私に声をかけてきた。

「アニスフィア王姉殿下、そろそろ一息入れませんか？　先日からずっと書類に目を通していますよね？」

「うん。キリが良いところで一息入れるから、後で声をかけるよ」

「……熱はございませんか？」

「熱？　特に体調は悪くないけど」

「……そうですか」

プリシラが何とも釈然としなさそうな声を漏らした。その様子が少し気になったけれど、すぐに私は報告書に視線を落とした。

「……アニスフィア団長は何か悪い物でも食べられたのか？」

「ナヴル様、いつも俺に不敬だって怒る割にはとんでもない不敬発言してません？」

「しかしながらガーク様、ナヴル様のお気持ちはわかります。普段のアニスフィア王姉殿下であれば泣き言を言いながら渋々目を通している筈なのに、数日あのようにして報告書を読みふけり、何事かを考えている姿を見れば何が起きたのかと目を疑うでしょう」

「プリシラさん程までは言いませんけれど、それでも凄い集中力ですね……ちょっと心配にはなりますね」

……何だかナヴルくんたちが集まってひそひそと話しているけれど、何を話しているんだろうか？

目を通し終わった報告書を机の上に置いてから、私は彼等に声をかけた。

「皆、明日には一度、王都には戻るけれどお願いしたいことがあるんだ」

「何でしょうか？」

「王都に戻ったら、ティルティとトマスに一報を入れて欲しいんだ。相談したいことがあるからって言ってくれれば来てくれる筈だから」

「ティルティ様とトマスさんを？」

「あの二人は魔学研究室の外部顧問だからね。一緒に話を聞いて貰いたいんだ」

ティルティとトマスには予め魔学研究室の外部顧問として籍を置いて貰っている。魔道具の開発をするなら二人の助言はとても頼りになるからだ。

「あの二人を呼ぶということは、何か新しい魔道具でも作るんですか？」

「そうだよ。ここ数日間でドラグス副団長の報告書を読んだり、人から話を聞いて回ったけど、開拓の状況は順調だ。だから順調に進んでいる間に騎士団を助ける魔道具を開発しようと思うんだ」

「一体どんな魔道具をお考えなのでしょうか？」

「いい質問だね、ナヴルくん。きっと君も興味を持つようなものだよ。詳しい話は王都に戻ってからにしようか」

私は上機嫌に笑いながら、皆にそう言うのだった。

＊　＊　＊

馬車では長い時間をかけて移動した距離も、エアバイクを使えば一日もかからずに王都へと戻ることが出来た。

予め決められていた着地点に降り立つと、王城に勤めている近衛騎士団が集まってきて一礼をする。

「お帰りなさいませ、アニスフィア魔道騎士団長」

「ただいま。団長って呼ばれるの、ちょっと慣れないね」

「はは、すぐに慣れますよ」

「そうだといいな。それじゃあエアドラとエアバイクをよろしく。ナヴルくんたちもお疲れ様、今日はゆっくり休んで。また明日、会おうね」

「畏(かしこ)まりました」

「じゃあ、俺とナヴル様はここで。お疲れ様でしたー！」

ナヴルくんとガッくんは挨拶をしてから離れていった。それを見送った後、側(そば)に控えてくれたシャルネとプリシラへと視線を向ける。

「シャルネとプリシラも今日はもう休んでいいよ、私はこのまま離宮に向かうから」

「畏まりました！　それではまた明日！」

「失礼致します」

ナヴルくんたちに続いて去って行くシャルネとプリシラを見送ってから、私は離宮へと向かった。

今日は休日だから離宮に行けばユフィに会える。そう思うと駆け出しそうになってしまう。そんな気持ちを抑えながら離宮の敷地(しきち)内へと入った。

「──アニス」

ふと、そのまま離宮の入り口へと近づこうとした時だった。

頭上から声が聞こえて、パッと見上げるとふわりと影がかかる。そして抱きつかれるような衝撃が来て、そのまま尻餅をついてしまいそうになる。

聞き慣れた声、知っている香り、馴染みのある体温。私の身体を強く抱きしめる人が誰なのか、私はよく知っている。

「ただいま、ユフィ」

「おかえりなさい、アニス」

耳元で囁かれる声に甘さを感じてしまう。頬を緩めながら、しがみつくように私を抱きしめているユフィの背中をさするように叩く。

たった一週間離れていただけだったけれど、やっぱり寂しかった。やりたいことと、やるべきことが忘れさせてくれただけでユフィが側にいないのは苦しい。

でも、私よりもユフィの方が堪えていたのかもしれない。まさか飛び降りて抱きついてくるなんて想像もしていなかった。

「寂しかった?」

そう問いかけると、返事の代わりに腕の力が強くなって頬を擦り寄せてくる。

そんな無言の訴えが可愛らしくて、胸がぎゅっと締め付けられる。こんなに幸せな痛みなんてあるんだね。

今日は年上らしく、甘えたがりの女王様に優しくしてあげないとね。

「ユフィ、ほら部屋に行こう。帰ってきたばかりだから少し休ませて」

「……そうですね」

宥めるようにそう言うと、ユフィは抱きしめていた手の力を緩めた。

しかし、次の瞬間に私の身体がふわりと浮いた。何事かと目を丸くしていると、整った顔がまた最接近していた。

その距離で、私はユフィに抱き上げられたことをようやく認識することが出来た。

「ちょ、ちょっとユフィ⁉」

「部屋に行きましょう」

「抱き上げることはないでしょ、って、うわぁ⁉」

ユフィは重力を忘れたかのように軽いステップで宙へと浮かび上がった。

鮮やかなまでの飛行魔法で、ユフィが飛び降りてきただろう窓へと飛び移り、そのまま部屋の中へと移動する。

この一瞬の出来事に私はただ目を丸くすることしか出来なかった。

「……我慢の利かない悪い女王様だね」

「今日は休みですので」

「もう！　いいから下ろして！　甘やかしてあげようと思ったのに、悪い子にはご褒美なんてあげないよ！」

「本当に？」

ユフィが私を下ろして立たせながら、瞳を覗き込むように距離を詰めてくる。

愛おしくて、切なくて、苦しくて。そんな様々な感情が入り交じった瞳が私を射貫いてしまうんじゃないかと思ってしまう程に見つめている。

そんな瞳を綺麗だと思ってしまって、怒る気力もなくされてしまうのは反則だと思う。

「うぅ～……！　寂しかったのはわかるけどさぁ、人の目とかあるんだから……」

「アニスに説教されても釈然としませんね？」

「そういうところが性格が悪いって言われるの、自覚あるでしょ？」

「だって悪い子ですから」

そう言いながら一切悪びれた様子もなく、ユフィは私の肩口に顔を埋めた。

甘えたがりの猫のようにすりすりと身を寄せて、腰に手を回して逃がさないと言わんばかりに抱きしめてくる。

「……随分と甘えたがりだ」

「寂しかったので。……本当に心から、今この瞬間までずっと」

「そこまで言われたら許しちゃうしかないでしょ、もう」

「アニス」

　ユフィは名前を呼びながら体重をかけてきた。そのままベッドの方へと押しやられて、二人で一緒にベッドに沈む。

　ユフィが上になるような体勢になり、そのまま身を乗り出すように顔を寄せてくる。

　唇が軽く触れ合い、額を合わせる。その体勢で暫し固まっていたユフィが、そのまま横に並ぶようにして寝転んだ。

　二人で仰向けになるように寝そべって、手を握り合う。たったそれだけのことで何故だか笑いが込み上げてきた。

「あはは、はははっ！」

「ふふふ、あははっ！」

　私が笑うと、ユフィも笑った。私はどこまでも素直に、ユフィはいつもより幼げに。

　そうしてどれだけ笑い合っただろうか。私たちは寝転がりながら天井を眺めていた。

「開拓地はどうでしたか？」

「順調だったよ。大きな問題もなく、士気も高い。私も元気を貰った」

「それは素晴らしいことでしたね。シアン男爵もお元気でしたか？」

「元気だったよ。レイニ宛に手紙を預かってるから渡さないと」

「レイニも心配していましたからね、きっと喜ぶと思いますよ」

「うん、そうだね」

「……うまくやっていけそうですか？」

「まだわからないかな」

ユフィの問いかけに、私は天井に手を伸ばしながらぽつりと呟く。

「今は順調だけど、これからも順調にやっていけるって楽観視は出来ないよ。立地のせいで魔物の数も多いし、これからもっと強い魔物だって現れるかもしれないしね」

「そうですか……」

「うん。だから今の内に私が出来ることをやろうと思うんだ。明日には早速ティルティとトマスを呼んで研究室の皆に相談してみるつもり！」

だから大丈夫だと、そんなつもりで私はユフィに言った。

するとユフィは何故か少し寂しそうな表情を浮かべた。それから瞼を伏せて、拗ねたように軽く頬を膨らませた。

「……何、その反応？」

「アニスがアニスらしくて拗ねてます」

「どうして私が私らしかったら拗ねちゃうのかな？」

「……私はこんなに寂しかったのに、アニスは私がいなくてもすぐに自分のやりたいことを見つけてきちゃいますし。本当にやることを決めちゃったら一人で飛んでいってしまうのはアニスらしいですけど、ちょっとだけ嫌です」

「……ちょっと？」

「……ちょっとです」

「本当に？」

「本気で拗ねてもいいですか？」

「あはは、ごめんって」

　つい笑いが込み上げてきちゃうけど、ユフィが頰を膨らませたままジト目で睨んでくる。

　そんなユフィの頰が気になって、つい突いてしまう。

　ユフィは突いていた私の手を取ると、そのまま指を絡ませるように握ってくる。

「私はアニスがいないとダメなのに、アニスは私がいなくても平気そうなので嫉妬しそうです」

「私だってユフィがいないとここまで頑張れないよ。ユフィが私を自由にしてくれてるから出来ることなんだから」

「……私がアニスを自由にしているせいで、私が寂しい思いをするのは不公平だとは思いませんか？」

ユフィは私の手を引き寄せて、そっと口づけながら上目遣いで私を見つめる。その仕草に思わずドキリと心臓が跳ねた。これはとんでもない不意打ちだ。

弱っている姿を見せてくれるのは嬉しいけれど、不公平という割にはユフィだって私のことを不用意にドキドキさせてくるのはどうかと思う。

「私の可愛い女王様はどうしたら機嫌を直してくれるのかな？」

「……今から明日の朝まで独占させてください」

「せめてご飯とお風呂は許してよ。イリアたちだって困るでしょ？　いきなり人を連れ去ってるんだから」

「我慢させたアニスが悪いです」

そう言ってから、ユフィは私のお腹を枕にするように頭を乗せてきた。

頭を乗せてきた衝撃で少し苦しかったけれど、そのまま動こうとしないところが構って欲しい大型犬のように見えてしまう。

だから甘やかしたいと思うのも仕方ない。そっとユフィの髪を撫でると、ユフィが心地よさそうに目を細めた。

「……わかってます。こんなことを言ったら困らせるって」

「ユフィにワガママを言って貰えるなんて光栄なことだからね、大丈夫だよ」

「じゃあ、もっと頭を撫でてください」

すっかり私に身を預けて、顔を埋めながらユフィは言う。

本当に無理が祟ったのかもしれないな、と頭を撫でながら思う。本人も覚悟していたとは思うんだけれど、実際に私と離れてみると考えていたよりも辛かったのかもしれない。

ただでさえ女王という重責を背負っているのに、私と離れてしまうことが辛くなってしまうのなら尚のことだろう。

でも、ユフィのことだから無理だって言いたくないんだろうな。ライラナのせいで何も出来ないと思ってしまうことが辛いんだろう。そんな訳ないのにね。

それなら私の出来ることは、ユフィが頑張れるように応援してあげることだ。

「よく頑張ったね、ユフィ」

褒めるように、宥めるように。ユフィの髪の指通りの良さを確認しながら私は優しく頭を撫で続けた。

ユフィは何も言わず、ただ静かな時間が過ぎていくのだった。

＊＊＊

ユフィは私にひっついていることで少し落ち着いたのか、ようやく夕食とお風呂を済ませることが出来た。

その間も可能な限り私の側にいようとするので、私たちを見るメイドたちの視線が気になって仕方がなかった。

結局、視線に耐えられずに部屋に戻ってきたけれど、人の目がなくなればユフィが容赦なしにくっついてくる。

そして今、私はユフィに後ろから抱きかかえられている状態だ。私のうなじに顔を埋めているので、首にかかる息がくすぐったくてもどかしい。

「ユフィ、そろそろ満足した？」

「全然出来ません」

「そう……」

「そういえば、ティルティとトマスに声をかけたと言っていましたが、どのような魔道具を作るつもりなのですか？」

「あぁ、まずはトマスにはセレスティアルの量産品を打って貰おうと思ってるんだ」

「セレスティアルの量産品ですか？」

「製造するのにコストは下げてもらうけれどね、一般的に騎士たちが使っている剣を元に魔道具にしてもらおうと思って。マナ・ブレイドは予備武器としては優秀だけど、魔力がなくなってしまったり、元々魔力量が少ないと無用の長物になっちゃう。制御を難しいと感じる人も少なくないって聞いてきたんだ」

「それでセレスティアルの量産品を用意しようと思いついた訳ですか」

「私の騎士団は平民が多いからね。マナ・ブレイドが決して悪い品だとは思わないけれど、もっと良くすることが出来るなら用意してあげたい」

「ふむ……それで鍛冶師の需要が上がるなら、雇用の増加に繋げられるかもしれませんね。話し合いが終わりましたら報告をお願いしますね」

「うん。それと並行して、量産品じゃない新しい魔剣も考えてみようと思ってるんだ」

「新しい魔剣ですか？」

「そう、それでティルティを呼ぶんだ。意見が欲しいからね」

「……私も参加したいですが、それは流石に無理そうですね」

ユフィは寂しそうな表情を浮かべながら、そっと呟いた。

そんなユフィの反応に、私は彼女に背中を預けるように体重をかける。

「……話は変わるんだけどね、少し思うこともあったんだ。自分の身の振り方というか、これから何をすれば良いのか、と言えばいいのかな」

「どうして、そんなことを？」

「私の肩書きに騎士団長なんて大層なものがついて、私にしか出来ないことが見えてきてから、責務を背負うってことは本当に大変なことなんだなって強く思ったんだ。辛くなっても、代わって欲しいって思っても、自分にしか出来ないことがある。知っていたつもりだけど、今になって前より実感してる」

今の立場になって、責任をしっかり背負おうと意識すればする程、ユフィが女王であろうとしていることがどれだけ大変なのかがより想像しやすくなった。

ユフィには本当にどれだけ感謝しても足りない。それが私を愛してくれていることの証明のようだ。だからこそ、私の努力が足りないと思ってしまう。

「実感したから、ユフィが女王の責務を背負ってくれているのが大変だって前より理解した。改めてありがとうね」

「私が望んでしていることですから」

「うん。……でも、さ。やっぱり何でも自由に出来る訳じゃないでしょう？」

「……そうですね」

「ユフィが望んでくれたことだけど、それでユフィが苦しい思いをしてしまうのなら悲しいよ。理由が私にあるなら尚更（なおさら）だよね」

「それでも、私たちがそうすると決めたことです。わかってはいるんです……」

「うん。わかってる。だから思ったんだ。ユフィはもっとワガママになっていいんだよ」

「……ワガママにですか」

「私だって好きなことをやってる。ユフィに自由を貰って、夢を追いかけることが出来てる。それはとても幸せなことだ。そんな幸せをユフィにも持って欲しいんだ。だから少しくらいワガママになってもいいんだよ。私が許してあげたいんだ」

ユフィの抱きしめる力が強くなった。少し苦しくなるくらい抱きしめて、さっきよりも密着してくる。

「……私のワガママなんですよ。アニスに自由でいて欲しいと思うのは」

「うん」

「でも、もう少しワガママになっていいなら……貴方（あなた）を自由にするから、何があっても私の許（もと）へ戻ってきて欲しいんです。我慢します。やるべきこともします。私に出来る最大限の努力を貴方に捧（ささ）げます」

ユフィの言葉はかすかに震えていた。そんな震えを押さえるためにユフィの手に私の手を重ねる。

私の手が重なると、ユフィが指を絡めてくる。放したくないと言わんばかりに力が込められて、互いの手の熱が揃ってしまいそうだ。

「どうか……貴方を独り占めすることを許してください。貴方に与えた自由をほんの少しだけ、私にください」

ユフィが掠れそうな声で切実に呟く。首に寄せた唇は今にも噛みつてきそうだ。

そんなユフィの不安を宥めるように、私は笑って見せる。

「いつか言ったでしょ？　私の全部はユフィにあげるって。私を自由にさせてくれるのは嬉しいけれど、それでユフィが苦しむぐらいなら一緒にいてあげたい」

「……でも、アニスは自由が好きでしょう？」

「ユフィがくれた自由だからね。私が自由でいて欲しいって、そう願ってくれるからこの自由を愛せるんだ。その自由がユフィを苦しめるなら、ユフィがまた少し手放しても良いと思える日まで囚われてあげる」

ユフィの手を引いて、手の甲へと口づける。

そのまま振り向くように体勢を変えて、上目遣いでユフィを見上げた。

ユフィの視線が私と絡むと、吸い込まれるように私に近づいてくる。そのまま唇を重ねて、ベッドへと押し倒される。

私の胸に顔を埋めているユフィは、僅かに震えていた。すん、と鼻を啜る音が聞こえて胸にかすかな湿り気を感じる。

「なんで泣いちゃうのかなぁ」

「泣かせた人が言う台詞ですか」

「慰めたかったのに」

「……情けないです」

「情けないユフィも大好きだよ」

「……アニスはずるいです」

「年上の余裕だよ。よしよし、甘えなさい。お姉ちゃんが甘やかしてあげよう……って、いたたたたっ⁉」

目を閉じてユフィの頭を撫でていると、ユフィが鎖骨に歯を立ててきた。あまりの痛みに涙目になりながら悲鳴を上げてしまう。

甘噛みというにはちょっとだけ強い力に涙目になっていると、ユフィが鋭い目で睨んでいた。僅かに涙が残っているせいで拗ねているようにも見えるけれど……。

「アニスがそんなに意地悪になってしまうなんて知りませんでした。これも自由にさせすぎたせいでしょうか？」

「ユ、ユフィ……？」

「そうですね、多少の束縛ぐらいなら年上の威厳とやらで受け止めてくれるそうなので。なら、私は年下ですから存分に甘えたいと思います」

「そ、そんな恐い笑顔で甘えるって言われても可愛くないよ……？」

「それが本心からの言葉なのか、これからじっくり聞かせて頂きましょう」

咄嗟に誤魔化そうとすると、ユフィは未だかつてないほどに満面の笑みを浮かべた。にっこりと笑っているのに震え上がるような気配が渦巻いている。これは明日の予定に差し支えるかもしれない。

でも、拗ねてても、怒っててもいいから、素直に心を打ち明けて欲しいと思う自分もいる。なら、自分が言った通りにユフィを受け止めよう。

「うん、いいよ。夜はまだ長いしね」

微笑みながらユフィの頬を撫でると、ユフィの目がゆっくりと細められた。

そうして釈然としない、と言わんばかりの表情を浮かべるユフィが可愛くて、私は笑い声を禁じ得なかった。

＊＊＊

「あぁ〜……んっ、んん……ねぇ、シャルネ、プリシラ……私の声、嗄れてないよね？」

「……風邪でも引いたんですか？」

シャルネが心配そうに首を傾げながら聞いてくる。

声の調子を尋ねるのは、喉の調子に違和感があるからだ。不調の原因は、あの小憎らしいけれど愛おしい女王様のせいなんだけど。

「アニスフィア王姉殿下、喉に良い飴を貰ってきたのでどうぞ」

「……ありがとう、プリシラ」

「いえ、昨夜は随分とお熱かったようで」

「？　そんなに暑いとは感じませんでしたけど」

プリシラは察したような対応をしてくれるけれど、そこに察してないシャルネが純粋な反応をしていると気まずくなってしまう。

これから来客と会うのにこんな調子ではダメだ。プリシラがくれた飴を口の中に放り込みながら気を取り直す。

「もう皆、集まってるの？」

「はい、アニスフィア王姉殿下をお待ちです」

「じゃあ行こうか」

私はシャルネとプリシラを連れて部屋を出る。向かった先は私が執務室代わりに使っていた一室だ。

中にはガッくん、ナヴルくん、そしてハルフィスとティルティ、トマスが揃っていた。

「おはようございます、アニスフィア王姉殿下」

「おはよう、ハルフィス。何か問題とか起きてない？」

「こちらは大丈夫ですよ。忙しいことには変わりありませんけれど……」

「そっか。ティルティとトマスも来てくれてありがとうね」

「……いえ」

トマスは緊張しているのか、いつもより口数が少ない。でも仕方ないか、この中でトマスだけが平民だし、緊張するなって言う方が無理な話だろう。

そしてティルティ。彼女は何故か意地悪そうな笑みを浮かべながら私を見ている。

「それにしても遅かったじゃない、アニス様。女王様が放してくれなかったのかしら？」

「……ちょっと身支度に時間がかかっただけだよ」

「身支度ねぇ……？　まぁ、いいけれど。それで開拓が始まって早速私を呼び出したのはどういった用件なのかしら？」

「忙しい中で集まってくれた人もいるからね、早速本題に入ろうか。トマスとティルティにも来て貰ったのは、新しい魔道具を作ろうと思ったからなんだ」

「相変わらず思いついたら一直線というか、話が動くのが早いな……」

「それが私の褒められるところだからね、トマス。あと、前にも言ったけど楽に話してくれていいって。そのための外部顧問っていう地位なんだから。ここには私のやり方に反対する人はいないよ」

ねぇ？　と言うように皆を見ると、反対しそうな人はいない。ナヴルくんだけ額に手を当てて溜息（ためいき）を吐（つ）いているけれど、敢（あ）えて無視する。

「……わかった。それで新しい魔道具を作るということだが？」

「トマスにはセレスティアルの量産品を作って欲しいんだ。セレスティアルほど高性能なものは求めないけど」

「量産……つまり騎士たちに持たせるつもりなのか？」

「開拓は順調なんだけど、それでも魔物の襲撃回数が多いことには変わらない。マナ・ブレイドの評判も良いけれど、改善を望む声もあるんだ。だからマナ・ブレイドの改良型と言えるセレスティアルの量産品なら要望に応えられると思うんだ」

「ふむ……マナ・ブレイドは利点も多いが、扱いに慣れる時間が必要なのと、魔力がなくなれば使えないという欠点もあるからな。セレスティアルのように剣としても使う前提のものを求めるのも当然か」

「既に出来上がったものがあるから、それを量産するのは難しくないでしょう？」

「ちょっと待ちなさい」

「……ティルティ？」

私とトマスが話していると、ティルティが間に入るように声を上げた。

何故ティルティが止めたのかわからずに彼女の顔を見るけれど、ティルティはジッと私の顔を見つめていた。

その表情はどこか鋭さのようなものを感じさせるので、思わず息を呑んでしまう。

そして、ティルティは静かに息を吐いてから口を開いた。

「アニス様の言いたいこと、やりたいことはわかったわ。でも、本当にそれでいいの？」

「いいのって、何が？」

「アニス様はマナ・ブレイドやアルカンシェル、セレスティアルを除いて魔道具を武器として作ることを避けてた筈でしょう？」

「……それは」

「私はその理由を知ってるし、だからこそ聞いておかなきゃいけないと思ったのよ」

ティルティは目を細めながら問いかけてくる。それに対して私は口を閉ざした。

私がそのまま黙っていると、場の空気が重くなってくる。その重さに耐えきれなかった
シャルネがおずおずと口を開く。

「あ、あの……どうして魔道具を武器として作ることがダメなのでしょうか？　アニス様が避けてたからには理由があると思うんですけど……」

「それは、危険だからだろうな」

シャルネの疑問に答えたのはナヴルくんだった。シャルネは答えを求めるようにナヴルくんを見るけれど、答えを口にしたのはハルフィスだった。

「魔道具は平民でも使える便利なものです。実際、アニスフィア王姉殿下が公表してきた魔道具の多くは生活の助けになるものが多く、明確に武器であるものはマナ・ブレイドやセレスティアル、ユフィリア女王陛下のアルカンシエルなど、その数は少ないです。それは何故だと思いますか？」

「……武器であることが問題だから、ですか？」

「その通りです。今まで発明された魔道具の多くは人の助けになることを求めて作られたものが多いですが、使い方を少し変えるだけでも危険な力に早変わりするのです」

「かつてのアニス様の評判を踏まえて考えてみなさい。もしアニス様が魔道具を武器として平民に配り歩いたらどうなるかしら？」

「……下手すると、貴族に不満をため込んだ平民たちが反乱を起こすかもしれないな」

「ナヴル様⁉　そんな、反乱だなんて……！」

ティルティの問いかけにナヴルくんが厳しい表情で答えを呟いた。それを聞いたシャルネが驚き、非難するような声を上げる。

「シャルネだっけ？　貴方、絶対にあり得ないなんて言えるの？」

「……ッ、そんなの……！」

淡々とティルティに問いかけられたシャルネは、何かを言いかけてから力なく首を左右に振った。

部屋の空気が重くなる中、ぽつりと口を開いたのはトマスだった。

「……貴族の横暴で家族を失った平民もいる。貴族だからという理由だけで貴族を憎む人だっている。そんな奴が魔道具を手にすれば、復讐を考えても無理はないな」

「……本当にあるんですね、そんな話が」

「……まぁな」

噛みしめるように呟くシャルネに、トマスはぶっきらぼうに相槌を打った。

「不満を溜め込んでるのは平民だけじゃないですよ？　中央の貴族と地方の貴族で諍いを起こすこともあったし、争いが起きるかもしれないなら平民ばかりが発端になるとは限らないんじゃないですか？」

「ガークの言う通りよね。魔道具を武器とするなら、それは誰でも使える力になるということ。平民だって魔法が使えるなら、元々魔法が使える貴族だって手札が増えることに繋がるわ。力があれば人は野心を抱いたり、心に魔が差すことだってある」

「だからこそ、アニスフィア王姉殿下は武器として魔道具を作ることは控えていたということですか？」

「……そうだね」

プリシラが問いかけてきたので、私はそっと息を吐きながら頷いた。

「昔は立場も評判も悪かった。もし私が魔道具の武器を量産なんかしようものなら反逆を企てているって言われてもおかしくなかったからね。マナ・ブレイドだって護身用の武器として作ったものだから黙認されてたんだ」

「アニスフィア団長を始末しておきたかった貴族もいたでしょうからね。今はユフィリア女王陛下が国を変えて、魔道具の有用性が認められてきたから許されるのであって、一つでも何かを間違えれば国を傾ける程の力になる危険性がある」

「ナヴルの言う通りよ。魔道具を武器という形で作れば、それが尚のこと知れ渡るでしょう。だから確認しておくべきだし、少なくともここにいる全員に認識させておくべきでしょう。それで、アニス様は本当に良いと考えてるの？」

ティルティが再度、私を真っ直ぐ見つめてくる。何かを探るように見つめながら私が答えるのを待っている。

私は呼吸を整えてから、自分の胸に手を当てながら答える。

「今なら、私は魔道具をより良い未来に進むための力に出来ると思っている。そして多くの人に未来を摑んで欲しい。この開拓はその第一歩で、私は絶対に成功させたいんだ」

「だから騎士たちに力を与えるために武器を作るの？　その武器が悪用される可能性もわかってる上でそう言うのね？　悪用された時、作らなきゃよかったなんて後悔しても遅いのよ？」

「うん。覚悟は、もう出来てる」

私はティルティに真っ直ぐな気持ちを告げた。この言葉を伝える時に自然と笑みを浮かべられたと思う。

そんな私の表情を見て、ティルティは深々と息を吐き出した。

「そこまで言うなら好きにすればいいわ。本当にお人好しね」

「善意だけでやってる訳じゃないけれどね。ちゃんと国益にもなることだし」

「はいはい。すっかり立派な王族様ね」

呆れたような表情で手をひらひらと振るティルティ。けれど、私じゃなくて皆へと視線を向けた時、ティルティの気配が今までにない程に鋭くなった。

「わかったでしょう？　アニス様はお人好しで、本気で魔法を愛して、それが誰でも使えるようになればいいって考えてる。追い求めた夢が望んだ形にならない危険性を知っていても、それでも人を信じようとしている。だから、それを少しでも裏切ろうとしたら許さないわよ」

「ティルティ！　なんでそんな脅すようなことを……」

「アニス様は少し黙ってなさい。アニス様に仕えるなら覚悟を決めることね。アニス様が魔法にかけた思いも、魔学にかけた願いも、それを知った上で望まない未来が訪れないように、裏切らないように。アニス様が魔道具を武器として作るっていう覚悟の重さをよく理解しておきなさい」

「勿論、承知しています。アニスフィア王姉殿下が齎してくれたものを決して悪しきものにしないために全力を尽くすつもりです」

ハルフィスが胸を張ってティルティへと答える。それに同調するようにナヴルくんたちも頷いてみせる。

皆の顔を睨むように見ていたティルティは、静かに吐息を吐いて目を閉じた。

「そこまで覚悟が出来てるっていうなら、私はこれ以上何も言わないわよ」

「……ごめん、ティルティ。それと、ありがとう」

「はん。別にお礼が言われたくてやった訳じゃないわよ」

ティルティは鼻を鳴らして、腕を組みながらそっぽを向いてしまった。

態度は刺々しかったけど、私のために言ってくれたんだなと思うと胸の内がくすぐったくなってしまう。

「それで？　量産の他にも何か考えてることがあるんじゃないの、アニス様？」

「……どうしてそう思ったの？」

「セレスティアルの量産品を作るだけならトマスだけで十分。実際あるものを量産向けに打って欲しいって話なんだから。わざわざ私まで呼び出すってことはそれだけじゃないってことでしょう？」

「正解」

私は軽く笑ってから肯定した。それにティルティが興味深げな笑みを浮かべる。

「じゃあ、その理由は？」

「量産向けの魔剣とは、ちょっと違った方向性で新しい武器の魔道具を作れたらな、って考えたの。そこでティルティの力も借りたくて……」

「新しい武器の魔道具って、どんなものを考えてるの？」

「まず一つは、人工魔石を使った魔剣が作れないかな、って思ってる」

「人工魔石というのは、確かアニスフィア王姉殿下とユフィリア女王陛下の王天衣に使われているものでしたよね？」

「そうだよ、プリシラ。あれは飛行用の魔法を仕込んだ人工魔石だったけど、理論上は他の魔法だって封入することが出来るんだ」

「もしかして、それで魔法を使える魔剣を新しく作ろうってことですか⁉」

シャルネが驚きを顕わにしているけれど、皆似たり寄ったりの反応をしている。

その中で唯一、動揺した様子もなく興味深そうに顎に手を当てているティルティが笑みを浮かべながら問いかけてくる。

「ふーん、成る程ねぇ。確かに作れそうなものではあるわ」

「ティルティがそう言ってくれるのは心強いね。それで、この新しい魔剣の研究はハルフィスに進めて貰えたらと思ってるんだ」

「私がですか⁉」

ハルフィスはまさか自分の名前が出てくると思わなかったのか、自らを指差しながら目を丸くした。

「ハルフィスなら私の代理を頼めるから」

「いや、ですが……！」

「あと、ハルフィスに任せようと思ったのは貴方が個人的に書いてた論文を目に通したからだよ」

「えぇっ⁉」

「あぁ、あの論文ね。私も目に通したわよ？　そうね、確かにあの論文を出せたなら十分アニス様の代理になれるでしょう」

「ティルティ様まで……！」

私だけじゃなくてティルティまで賛成したことで、ハルフィスの動揺が更に酷（ひど）くなる。

そんな中、ナヴルくんが訝（いぶか）しげな表情を浮かべながら挙手をした。

「あの、ハルフィスの論文とは一体何のことでしょうか？　その論文が決め手になったというのも、新しい魔剣を作るのとどういう関係があるのでしょうか？」

「ハルフィスが個人的に研究しているテーマで、私も興味深かったからよく見せて貰ってたんだ。それが今回の魔剣を作る際にも通じる考え方なの」

「へぇ～、確かに個人的に何かやってたのは知ってましたけど、アニス様に認められるような研究だったのか！」

「い、いえ、そんな凄いことじゃ……」

ガッくんが感心したようにハルフィスを褒めるけれど、本人はすっかり恐縮してしまっている。

内容が気になったのか、プリシラが問いかけてくる。

「それは一体どのような論文なのでしょうか？」

「うーん、全てを説明するには順序立てて話さなきゃいけないんだよね。まずは先に結論から話そうか」

興味津々というように視線が私に集まる中、笑みを浮かべながら答える。

「――私が作りたいのは、〝本物の魔石〟を使った魔道具なんだ」

7章　奥深き魔法の神秘

私が告げた言葉に、今度こそ誰もが衝撃を受けて言葉をなくす中、私は注意を引くように手を叩く。

「さて、色々と聞きたいことはあると思うんだけど」

「そりゃそうでしょう。魔石の使い道なんてごく限られたものでしかなかったんだから。私はともかく皆は驚くでしょう？　私だって遂にか……って気分だし」

「その、私は詳しく知りませんでしたけれど、魔石には何らかの利用方法が存在するんですか？」

「それはこれから説明するけど、魔石の利用方法については機密になってるから外で漏らしたりすることのないように気をつけてね」

私がそう言うと、シャルネがパッと口に手を当てて何度も頷いた。

他の面々も真剣な表情で頷いていて、これから話すことが重要だということを理解してくれているようだった。

「順番に話す必要があるから、まずはハルフィスに説明をして貰おうか」

「で、ですがあれはまだ研究途中のもので……」

「それが魔石の利用の説明にも繋がるんだよ。だからお願いしてもいい？」

「……わかりました。私は個人的に研究していたことがありまして、アニスフィア王姉殿下とユフィリア女王陛下にも意見を頂いていたんですよ」

「個人的に何か研究してるって話は前からしてたよな」

ハルフィスの話にガッくんが心当たりがあるというように呟いた。

そんなガッくんに対してハルフィスは間違いがないと言うように頷く。

「私が研究していたのは使用者の技量などに左右されない純粋で単純な魔法を見いだすことでした」

「……つまりどういうことだ？」

「魔法には個人の適性があって、同じ魔法でも技量の差が出るじゃないですか？　そこで私は本人の技量や適性を除いて、純粋な技法として作り上げたかったんです。その前段階として既存の魔法を解析してたんです」

「……つまり、純粋なる基本の魔法、魔法の雛形というべきものを見いだそうとした、という認識で間違っていないか？」

「はい、ナヴル様の仰る通りです」

ガッくんがピンと来ないというように首を傾げていたけれど、ナヴルくんが感心したように息を吐いている。

最も簡単で単純な魔法を見いだすこと。それがハルフィスがしていた研究だ。

「使用者の技量や魔力量を抜きにして、純粋な技術としての魔法体系の確立。この視点が面白くて、私とユフィも助言をしていたんだ」

「まだ完全に形になった訳ではありませんが……検証の途中ですし」

「それでも成果が出てるし、その試みが大事なんだよ」

魔法はどうしても個人の才能や適性が関わってくるし、従来の教え方では精霊への祈りや、精霊の在り方を学んだ上でイメージを深めるという感覚的なものだ。

けれど、それに馴染めない人だっている。ハルフィスがその典型的な例だった。そしてハルフィスは魔学の一端に触れて、今の魔法体系に疑念を抱いた。

それは元々、魔法を得意としていなかった経験から来るものだったんだろう。そして、魔道具との出会いが彼女に天啓を齎した。

「アニスフィア王姉殿下が作られた魔道具は、言ってしまえば使用者が誰であろうと安定した性能を発揮する魔法と言えますよね？」

「……それは確かにそうだな？」

「そこで私が考えたのは、純粋に使い手の技量を抜きにした魔法は魔道具が発動させる魔法と変わらないのではないかということです」

「魔法は想像力を鍛えることで強力なものとなると教わってきましたが、ハルフィス様のお考えは真逆ではないでしょうか？」

冷静にプリシラがハルフィスの研究をそう評価した。

プリシラの言う通り、ハルフィスの思い描く魔法体系というのは今までの常識から考えれば真逆の発想から成るものだ。

極めるのではなく、単純化する。そして余分なものを含まない純粋な魔法を編み出す。

それがハルフィスの目指している魔法の在り方だ。

「私は従来の教え方が間違っているとは思いません。ですが、その教え方で魔法を極められない人もいます。なので、最初から簡単に使える魔法が覚えられれば魔法に対する意識も変わるのではないかと考えたんです」

「成る程……俺も魔法は苦手な方だけど、教わった方法が良かったかと聞かれると、この話を聞いた後だとわからないな」

ガッくんがぼやくように言うけれど、私は思わず苦笑を浮かべてしまう。

「魔法を発動する時のイメージなんて人によるしね。その点、魔道具によって発動する魔法は誰が使っても概ね同じ結果を出せるというのは面白い着眼点だと思うんだ」

「……成る程。それに簡単な魔法であっても極めることによって変化を加えることが出来る。マナ・ブレイドを例に挙げれば、あれは魔力の刃を発生させる単純ものだが、アニスフィア団長は形状を自由に変化させることが出来ている。そういった技術の取得に繋げることが出来るのか」

「基本は大事だからね。今の魔法は単純化という方面においては洗練されきってないとも言える訳だ」

　ナヴルくんが感心したように息を零す。すると、ここにいる皆からハルフィスに向けて尊敬の視線が向けられた。

　その視線が落ち着かなかったのか、ハルフィスは軽く咳払いをした。

「従来の教育方法ではどうしても認識が共有され難く、曖昧になってしまうのだと思います。なので祈祷や伝統に基づいて受け継がれた従来の魔法体系ではなく、魔学視点の技術由来の魔法体系の確立をしたい。それが私の夢なんです」

「アニス様の影響を受けた異端な考えよね。これだからアニス様は刺激的なのよね、退屈しないわ」

ティルティが本当に面白い、と言わんばかりに笑みを浮かべてハルフィスを見つめる。

そんなティルティの視線にハルフィスはびくりと肩を跳ねさせて、笑みを引きつらせてしまう。

「異端とは言うけど、別にハルフィスだって今までの魔法を否定したい訳ではないよ。これまで受け継がれた方法だって間違いだとは言えない。その上で、誰でも魔法が使いこなせるように新しい方法を編み出したい。それがハルフィスの夢ってことでしょう」

「そ、そうですね……」

「それこそ人の感じ方次第ね。私としては従来の方法に拘る精霊信仰派が煮え湯を飲まされる姿でお茶を飲みたいけれど」

「はいはい、趣味が悪い、趣味が悪い。話を続けるけれど、私はハルフィスに相談を受けて、どれだけ魔法を簡略化出来るのかとか、どういった要素が同じ魔法でも差を生むのかを検証していたんだ。そこで面白いことがわかってきてね」

「面白いこと、ですか?」

シャルネが首を傾げながら呟く。その反応にクスッと笑ってから、私はハルフィスの方へと視線を向けた。

「それじゃあ、ハルフィス先生。説明をお願いしても?」

「うぅ……まだ検証中なのに……あと先生だなんて止めてください……」

「理論として説明しきれてないけど、感覚的に私は真実に近づいていると思ってるよ。だから大丈夫だって。王姉殿下の命令だよ？」

「……はぁ、わかりました」

　ハルフィスは指で眼鏡の位置を直して、大きく深呼吸をしてから顔を上げた。

「先ほども言った通り、私は魔法の簡略・単純化を目指して研究を進めていました。そこである疑問と推測が生まれたんです」

「疑問とは？」

「前提として、私たちの扱う魔法は精霊の恩恵によるものです。精霊がいなければ魔法は成立しません」

「まぁ、常識だよな？」

「そこで疑問なのですが、私たちが使える魔法の中に、精霊の属性には該当しない魔法が幾つか存在していると思いませんか？」

「……精霊の属性に該当しない魔法ですか？」

　シャルネが首を傾げながら呟くと、ナヴルくんが口元に手を添えながら考え込む。

「ハルフィスが言っているのは、属性を持たない魔法ということか？」

「あー、身体強化とか魔力刃って属性がないって言えばないですよね？　確かに言われればそういう魔法ってありますよね」

ガッくんが腕を組みながらそう言った。それを聞いたハルフィスは、そっと息を吐いてから再び指で眼鏡の位置を直す。

「――では、皆さんは〝属性がない〟精霊って感じ取ることが出来ますか？」

……しん、と。場が静まりかえった。

耳がおかしくなってしまいそうな程に静まった中で、声を上げたのはトマスだった。

「……俺は貴族じゃないからわからんが、精霊は属性があるものじゃないのか？」

「そこなんだよ。割となんか皆にとって盲点だったみたいなんだよね」

私は軽い調子でそう言ったけれど、改めて指摘された皆には衝撃だったようだ。

「……確かに無属性の精霊というのは感じたことがありませんね」

「私もです」

「俺もそうだな……」

「言われてみると、確かに……ってなりますね」

「はい。私たち、魔法が使える貴族は精霊の気配を感じ取ることが出来ます。しかし、その精霊の中に無属性の精霊というものは存在しません」

精霊には始原なる光と闇、礎（いしずえ）である火、風、土、水の四大精霊、そこから派生した亜種など、実に多くが存在していると言われている。

でも、その中に無属性の精霊はいない。精霊というのは司（つかさど）る属性があるのが自然なことだとユフィも語っていた。

「では、無属性の魔法って何なのでしょうか？　アニスフィア王姉殿下が提唱する理論で言えば、魔法は精霊が私たちの意思を受けて変化するものだと言われています。しかし、無属性の精霊を感じ取ることが出来ないのに属性がない魔法が成立しているのです」

「……確かにその通りだ」

「でも、身体強化は魔法じゃないですか……？　魔法……だよな？」

ナヴルくんが大きく息を吐きながら呟く。その横でガッくんが段々と混乱してきたように周囲を見渡す。

程度の差はあれど、この話を聞いて動揺しないでいられる人は少ない。動揺してなさそうなのは、さっぱり訳がわからないという表情のトマスと、ニヤニヤしながら皆の反応を窺（うかが）っているティルティぐらいだ。

これはきっと魔法を使えるからこそ、精霊の気配を感じることが当然だからこそ見落としてしまっていたことなんだろうな。

精霊石で考えれば無属性の精霊石はあるのに、無属性の精霊というものは存在しない。これは一体どういうことなんだろうか？　と皆も行き着いたんだろう。

「無属性の精霊石も元の属性が抜けたという説がありますが、じゃあどうして属性が抜けるという現象が発生してしまうのでしょうか？　実際のところ、もっと別の何かが理由なんじゃないかと私は考えたのです」

「そこで魔学の研究者である私と、精霊契約者であるユフィの考えを聞きたいって相談されたんだ。ユフィは精霊契約者になって感覚的に理解しているんだけど、理論として説明するには検証が必要なことが多くてね……」

「それで発表は控えていたんです。なので、私がこれから話すことはここだけの話に留めてください」

前置きをしてから、ハルフィスは軽く咳払いをして喉の調子を整えた。

「結論から言えば、無属性の魔法として認識されているものはある法則で分類分けすると魔法には該当しない、ということになります」

「とある分類……？」

「それは一体？」

「魔法は精霊が魔法という形態に変化して、魔法として出力される。でも、無属性の魔法は無属性の精霊という存在が確認されている訳じゃない」

「でも、魔法であることには変わりないですよね？」

「それは魔法だって思われているだけで、他の属性魔法とは違う分類だと私たちは考えたんだ。魔法ではある。だけど厳密に言えば同じ魔法じゃない」

ハルフィスの説明を補足するように私からも発言する。

魔法の仕組みは、まず前提として魔法使いと精霊がいることが必要になる。

この世界の生物は魂に精霊を内包している。それが世界を漂っている精霊と共鳴することによって意思を受け取り、精霊が魔法という形態に変化する。

この仕組みで言うなら、無属性の精霊というものは観測されていないので、無属性の魔法が成立する筈(はず)がない、ということだ。

「それでは、無属性の魔法とは一体……？」

「そこでハルフィスの簡略・単純化の研究と結びつくんだけど、つまりマナ・ブレイドをはじめとした属性がない魔法って、精霊を変化させているんじゃなくて――〝単純に魔力の操作技術〟なんだよ」

「……ただの、魔力操作？」

ナヴルくんが目を見開いたまま、呆然と呟いた。

唖然としているのはナヴルくんだけじゃない。特にショックを受けているのはガッくんだ。普段は細められている目が大きく見開かれて、開かれた口も閉じる様子がない。

「ちょっと説明がややこしいんだよね、この説明をすると」

「魔法を〝精霊を己の意思で変化させる現象〟と定義する場合、あれは魔法ではないという分類になるんですが、同時に〝魔法が使えないと起こせない現象〟でもあるので魔法である、というのも間違ってないんですよねぇ……」

「な、なんですって？　確かにこんがらがりそうな説明ですけど……」

私とハルフィスは顔を見合わせて溜息を吐き合う。それを見てガッくんが眉間に皺を寄せる程に呻いていると、ぽつりとティルティが呟きを零した。

「……あぁ、成る程。そういうことね、理解したわ」

「ティルティ様、今の説明でわかったんですか⁉」

「私たちが魔法だと思っているものは、実は二種類あったってことでしょう。一つは魔力を用いて精霊を変化させることで発動する魔法。一つは魔力そのものを変化させて発動する魔法。無属性の魔法は後者なのでしょう？」

「そうだよ、その認識で合ってる」

前提として、まず私たちには魔力が存在している。

精霊は世界の欠片（かけら）と言うべき存在で、貴族はこの精霊と共鳴し、交信することで魔法を使うことが出来る。

これが一般的に魔法として認識されているもの。けれど、無属性の魔法は精霊そのものを変化させるのではなく、己の内にある魔力そのものを操作する魔法でしかない。

だから無属性の魔法は〝精霊が介在しない単純な魔法〟と言うべきものだ。

「厄介な話なんだけど、無属性の魔法は属性ありの魔法が使えないと使うことが出来ないのがややこしいんだよね」

「……俺はそろそろ限界です。誰かわかりやすく解説をお願いします！」

「ガーク……お前という奴（やつ）は……」

「それでは、順番に説明していきますね」

限界を迎えているガッくんにいつものように頭を抱えているナヴルくん。

そんな二人に苦笑しつつ、ハルフィスが解説を始めた。

「ティルティ様が仰（おっしゃ）ったように、私たちが魔法だと考えていたものは厳密には二種類存在しているのです。二つの魔法の共通項は、魔力を操作出来ないと使えないことです」

「貴族と平民を分けるのは魔法を使えるかどうかだけど、この魔法を使えるかどうかというのは魔力を意識して操作出来るかどうかということなんだよ」

「理論上、平民であっても魔力の操作を行うことが出来るようになれば無属性の魔法なら使えるようになると考えられます」

「えっ⁉ それってつまり、魔道具がなくてもってことですよね⁉」

シャルネがここ一番の驚きを見せて、とても大きな声で叫んだ。

この話をするとビックリするだろうなぁ、と思ってたけれど、良い反応をしてくれた。

「うん。魔力の操作が出来ればだけどね」

「魔力の操作が出来るという条件が、無属性の魔法を使うには属性ありの魔法を使えないといけないってことに繋がるのね」

「ティルティ様、つまり平民は意識して魔力の操作が出来ず、貴族は魔法で魔力を操作するやり方を摑んでいるから無属性の魔法を使うことが出来るということでしょうか？」

「私はそう思うけれど、ナヴルの言ってることは間違ってるかしら？ アニス様」

「いや、ティルティの言う通りだよ。魔力の操作が出来るというのが、パレッティア王国の初代国王が精霊契約を果たした時の名残によるものだからだと推測してる。私は許可証のようなものだとイメージしてるけど」

「許可証ですか？」

「精霊契約者の子孫である王侯貴族は、その魂に精霊と交信することが出来る証があるから魔法を使うことが許可されてるし、魔法を使うことによって自然と魔力を意識的に操作することが出来るようになる」

「……そうか、順序が逆なのか！　魔力そのものを操作する無属性の魔法は精霊を必要としないが、そもそも魔力を操作するという感覚を身につけるのに、属性ありの魔法を使うことで知らなければならないのか……！」

「うん。だから皆、当たり前のことだから変に思わないし、魔法であることは変わらないから全部纏めて同じ魔法に分類してしまっているんだろうね」

　この違いについては、精霊契約者であるユフィですら呼吸をするのと同じぐらい自然なことなので、意識してないと違いを探そうとすることもしなかったと言っていた。

　魔法は精霊によって齎されるもの、と考え続けていれば一生わからなかったかもしれない。ハルフィスが研究を進めたからこそ、疑問を持つことが出来たと言える。

「だから無属性の精霊石ってあるけれど、あれは正確に言えば魔力の塊であって魔力石と呼ぶ方が良いのかもしれないね」

「……それはまた論争を煽りそうな話ね」

ティルティが小さく呟く。この研究は宗教的な部分にも触れてしまう恐れがある。だから迂闊に公表出来ないことはハルフィスもわかっている。だからこそ、彼女が個人的に進めている研究に留まっていたんだ。

「ですので、無属性の魔法を練習することで魔力の運用が上達するのではないかと考えています。こちらは検証中ですが……」

「とても驚くべき話ではありましたが……これってアニスフィア団長の話の前置きなんですよね……？」

ナヴルくんは不安げに私を見ながら問いかけてきた。それに私は苦笑しながら頷くと、皆が何とも言えない表情で沈黙してしまった。

その沈黙が気まずくて、私は空気を変えるために口を開いた。

「ちょっと話が長くなったし、お茶で一息入れようか。シャルネ、プリシラ、お願いしてもいいかな？」

「は、はい！　すぐに用意してきます！」

「行って参ります、少々お待ちください」

シャルネが慌ただしく返事をして、その後ろを丁重に一礼をしたプリシラが追っていく。

その様を見ていたティルティが喉を鳴らすように笑った。

「本当、アニス様らしいわね。退屈しないわ」

「人を珍獣のように見ないでくれる？　胸に手を当てて、自分の行いを振り返ってから抗議して欲しいものね？」

軽く鼻を鳴らしながら言うティルティに私は何も言い返せず、唇を尖らせるのだった。

＊　＊　＊

シャルネとプリシラが用意したお茶で一息吐いた後、私は話を再開させた。

「さっきのハルフィスの研究についてだけど、検証が足りてないから世論を納得させるまでには至ってない。それでもある程度、的を射てるという前提で話を進めるね」

「アニスフィア団長、ハルフィスの研究と魔石の利用方法の話がどう繋がるのか、未だにわからないのですが……」

「それについてはもうちょっと説明が必要だから、その話をしようか。ハルフィスが魔法の簡略・単純化の研究をしたことで皆が使っている魔法が二種類あると考えられるようになった。ここまではいいかな？」

「な、なんとか……」

頭痛がするのか、眉間にぎゅっと皺を寄せながらガッくんが弱々しい声で呟く。

ここで話を止める訳にもいかないので、私はガッくんを気にしつつも説明を続けた。

「私はこの話から、魔力を二種類に分類することが出来ると考えているの」

「魔力を、ですか？」

「そう。無属性の魔法も、属性ありの魔法も、魔力で動かすという点は同じ。異なるのは精霊と結びついているかどうか。色で喩えると、無属性の魔力は無色で、属性ありの魔力はそれぞれの精霊と結びつくことによって色がついたものとなる」

「アニスフィア王姉殿下。何故、色で喩えを出したのでしょうか？」

「プリシラ、いい質問だね。これこそが魔石を利用するための鍵だからだよ」

「鍵……？」

「今まで魔石の使用方法は世間には知られてなかった。私も特殊な方法を用いて使用してたけれど、条件が限定的すぎて世間には公開出来るようなものじゃない。でも、これから説明する方法なら可能性が拓けるんだ」

「それは、一体どのような方法なのですか？」

「魔石持ちが固有の魔法を使うようになるのは皆も知っているね？　だから、魔石は魔物が精霊を取り込むことによって変質した精霊石の亜種だと私は考えてる」

「人工魔石もその発想から作られたものと言えるものね」

「ティルティの言う通り、あれは精霊石を加工して、特定の魔法を発動するように変質させたものだからね」

人工魔石を作れるようになったのも、レイニの持つヴァンパイアの魔石に蓄積された知識と、精霊契約者となって魔法への理解が進んだユフィがいたからだ。

精霊石を特定の魔法を発動させるように加工・変質させて、その魔法を出力するための適切な外装を用意する。

王天衣はこの仕組みで作られている訳だ。天然の魔石も同じ方式で運用することが出来るけれど、魔石に秘められた魔法を発動するのに適切な外装が生物媒体であることが問題であった。

今は安定剤代わりに服薬している魔薬。あれによる身体強化も、私の身体（からだ）という媒体があるから成立したものだ。

とはいえ、理解が浅い時に作ったもの、今見ると本当に乱暴なことをしているので、身体への負担が大きいのも仕方ない。

ただ、その事実を改めて確認した時のユフィが恐（こわ）かったんだよね……。

「うっ……！　思わず思い出したくない記憶まで……！」

「だ、大丈夫ですか？」

「う、うん、大丈夫だよ。研究に犠牲はつきものだからね……」

「犠牲……？」

「あ、いや、なんでもない。話を戻すけど魔石による魔法をハルフィスの定義と絡めて第三の魔法として定義したの」

「第三の魔法、ですか。具体的にどう違うのですか？」

「順番に説明していくよ、図も描くね」

私は移動式の黒板を引っ張ってきて、チョークで図を描いていく。

「魔法に共通しているのは魔力によって様々な現象を引き起こすこと。第一の魔法は魔力の操作によって起こす現象。無属性の魔法と呼ぶものだね」

私は丸を描いて、その中に〝魔力〟と書き込む。その下に身体強化や魔力刃の図を描いて、魔力と書かれた丸から矢印を引っ張る。

「第二の魔法は皆もよく知っての通り、精霊を魔力によって変化させる属性ありの魔法。これは魔力と精霊が結びついた状態だと考えられる」

私はもう一度丸を描いて、その中に同じように魔力と書き込む。

今度はその隣に〝精霊〟と書き込んだ丸を描き、二つを囲むように大きな丸を描いて〝魔法〟と書き込む。

第一の魔法

魔力そのものを操作、
変形させることで扱う魔法

魔力

魔力

魔力

第二の魔法

魔力を精霊と共鳴させ、
精霊そのものを変化させる魔法

魔法

魔力

精霊

※共鳴

魔石

魔力

精霊

※支配

第三の魔法

精霊を支配し、
魔石を形成することによって
扱う魔法

「最後に第三の魔法は魔物独自の固有魔法だ。図は第二の魔法と同じだけど、第三の魔法は共鳴ではなく、支配しているという点が異なる」

〝魔力〟と〝精霊〟と書き込んだ二つの丸を描いて、その二つを囲むように大きな丸を描く。そして〝魔石〟と書き込む。

第二の魔法の図に書いた〝精霊〟には〝共鳴〟と。

第三の魔法の図に書いた〝精霊〟には〝支配〟と。

それぞれ注釈を入れるように書いてから、皆の方へと視線を戻す。

「こうして図にするとイメージが掴みやすいわね。第一は魔力そのものを操作するもの。第二は精霊と魔力が結びついて魔法へと変わっていて、第三は魔力と結びついた精霊そのものが変質している。この考え方で合ってるかしら?」

「流石(さすが)ティルティ、飲み込みが早いね」

「これでもアンタと一緒に魔石を研究してきた一人だもの。それぐらいわかるわよ」

私の賞賛にティルティは軽く鼻を鳴らしてあしらった。褒める甲斐(かい)がないと思いつつも、こうして理解が早いからこそでもある。

「魔石の扱いが難しいのも、この性質の変化に理由があるの。魔石の魔法を発動させるのには発動に適した媒体が必要だった」

「それがアニスフィア団長が仰っていた生物媒体ですよね？」

「その通りだよ、ナヴルくん。精霊を魔法に変換するという方法そのものは同じと言えるけれど、魔石に取り込まれた精霊は精霊そのものが変質してしまっていると考えられる。つまり通常の方法では当然ながら魔法が使えない」

「精霊が別物に変わってるなら、そもそも共鳴しないって話だものね」

「そういうこと」

　この世界の魔法は、世界の欠片である精霊を変化させる技術と言える。

　普段貴族たちが使っている魔法は、精霊そのものにお願いや祈りを捧げることで、精霊に魔法の姿に変えてもらう手法。

　対して魔石の魔法は、精霊を更に自分独自の姿に組み替えた専用の手法と言える。この説明をすると、ナヴルくんがうなり声を上げた。

「……知ってよかったような、知りたくなかったような、反応に困ってしまいますね」

「まぁ、魔石になってしまうと精霊が変質してるという点は受け入れがたいよね。でも、逆に人も精霊によって変質させられているんだよ」

「えっ⁉　そうなんですか⁉」

「だって、変質した果てが精霊契約者だからね」

精霊を信仰している人からすれば、精霊が魔物によって変質させられているという点は受け入れられないと思うけど、精霊契約者だって十分度しがたいものだと私は考えてる。

精霊とは、この世界特有の自然現象とも言える。精霊契約者になるということは自然と一体化していく、と考えることも出来る。

だから精霊契約者の魂の在り方は揺らがなくなっていく。そもそも自然現象に〝心〟なんて必要ないのだから。

だから肉体が器でしかなくなっていくし、いずれは自我が世界に溶けて消えていくしかなくなる。私はそれを魔石が出来上がる工程よりも良いものだとは到底思えない。結局のところ、どっちもどっちだ。

「魔石ほど急激な変化ではないにせよ、人の魔力も魂の内に存在している精霊の影響を受けて変質していると考えられるんだ」

私のような稀人(まれびと)と呼ばれる例外を除いて、この世界の人間は魂に精霊を内包しているとリュミが言っていた。長い時を生きてきた精霊契約者の彼女が言うのだから、それは事実なのだろう。

そして魔物もそれは同じ。魔物は力を求めて魔石を生み出そうとし、成長させようとする。恐らく本能なのだろうな、と思う。

「魔力が精霊の影響によって染まっている……ですか。それでも無属性の魔法は使えるものなのですね」

「ナヴルくん、無属性の魔法を語る上で大事なのは魔力の操作によって形を変えているだけ、という点だよ。どんな色がついた魔力であっても、精霊を動かそうとする意識がなければ無色の魔力と何も変わらない」

「それは精霊に働きかけなければ魔力に属性があっても、ただの魔力でしかないということですか」

「そう。だけど精霊に染まった魔力だからこそ、精霊に働きかけて属性ありの魔法として発生させることも簡単なんだと考えられる。これが適性になるってことなんだと思うよ」

「興味深い話だけど、ちょっと脱線してないかしら？　魔法の分類法はいいけれど、本題は魔石で魔道具を作るって話だったわよね？」

「うっ！　そうだった！　つい説明したくなっちゃうんだよね、こういう話……！」

ティルティに呆れたように指摘されて、私は忘れかけていた本題を思い出した。

「話を戻すけど、魔石を利用しようと思うながら、魔力そのものを魔石に合わせてしまう方法がある」

「自らを魔物に置き換えるようなものですからね……」

「それでもアニス様がわざわざ作りたいって言うのは、何か安全な方法でも思いついたからなんでしょう？　違うかしら？」

「その通りだよ、ティルティ。……って言いたいんだけど、そこまで大したことじゃないよ。実現出来るかどうかは、これからの研究と運次第だからね」

「運ですか？」

シャルネが不思議そうに首を傾げる。言葉にした通り、魔石を用いた魔道具を作れるかどうかは運の要素が大きく絡んでくる。

「魔石の糧となる魔力に性質を合わせることは出来なくても、最初から合ってたなら変質させる必要もないよね？　まぁ、もの凄く運が絡むけどね！」

「……運任せとは、それは本当に可能なんですか？」

私の回答にナヴルくんは頭痛を堪えるように指で眉間を押さえてしまった。

でも、実際にそうとしか言えないんだよね。まさか刻印紋を施していく訳にもいかないし、これぱかりは理論上は不可能ではないという話でしかない。

「でも、もし魔石の力も使うことが出来れば利用方法が広がるし、魔石持ちの魔物を倒すことによる栄誉の価値だって上げることが出来る。それは騎士や冒険者たちの意欲を上げることに繋がるし、戦力になれば生存率だって上げられるでしょう？」

「それは……」

「パレッティア王国はまだ未開拓なところも多いし、これからも魔物との戦いは続いていくんだ。だから魔石が有用な魔道具に出来るなら私は追い求めたいと思う」

「それなら人工魔石で作る魔剣で十分な気もするけれど」

「それはティルティの言う通りなんだけどね。ただ、何もせずにはいられないだけだよ。私が前線に出向くようなことは減っていくだろうしね」

　私に新しく付けられた肩書きは枷のように思うこともある。でも、だからこそ考えるようになったこともある。

「私が前線に気軽に出られない以上、別の誰かが戦うことになる。そんな人たちを率いる立場になったけど、守ってあげたいし、失いたくない。前線に出て守れないなら別の方法で助けるしかない。私に出来ることは有用な魔道具を発明することだから」

「……まぁ、そうしたいって言うなら好きにすればいいんじゃない？　どうせユフィリア様も認めてるんでしょ？」

「ユフィにはもう相談済みだよ。やるだけやって成果が出ないかもしれないけれどね」

「……まぁ、アニス様は十分やってる。アンタ一人で全部やってる訳じゃないんだ。こうして呼ばれた以上は手を貸してやるさ」

「ありがとう、トマス。存分に皆の力を借りるつもりだからよろしくね！」

助けを求めたら応えてくれる人たちがいる。私の夢を助けてくれる人たちがいる幸せを感じる度に泣いてしまいそうになる。

いつか、もっとしっかり受け止められる日が来るんだろうか。そんなことを思いながら、私は意見を出し合う皆を見つめるのだった。

＊＊＊

話し合いが終わって解散した後、私は自室へと戻ってきていた。

「今日はお疲れ様、シャルネ、プリシラ。もう下がっていいよ」

「はい、今日もお疲れ様でした！」

一緒に付いてきていたシャルネが挨拶をして出て行こうとするけれど、プリシラが動く様子がなかったので不思議そうに視線を向けた。

「プリシラ？　どうかした？」

「アニスフィア王姉殿下。一つ訪ねたいことがあります。お時間を頂いてもよろしいでしょうか？」

「構わないけど」

プリシラは私に何を聞きたいんだろう。質問するのを待っていると、プリシラはシャルネへと視線を向ける。どうやらシャルネには席を外して欲しいようだ。

それをシャルネも察したのか、静かに一礼をしてから部屋を出て行った。

「わざわざ二人になって聞きたいことって何かな？」

改めてプリシラへと問いかけると、ジッと私を見つめてきた。

その目を見た私は、思わず悪寒を覚えてしまった。普段、無表情で何を考えているのかわかりづらいプリシラだけど、そんな彼女が感情を覗かせている。

その感情はとても冷たくて、まるで鋭利な刃物のようだ。

「どうしてなのでしょうか？」

「……何が？」

「理解が出来ないのですよ、貴方が持つ力は末恐ろしいので。もし私が貴方でしたら望むだろうことを貴方はしないので不思議に思うのです」

「プリシラは力があったら、何を望みたかったの？」

「――復讐」

ぽつりと、プリシラはそう呟いた。

底が見えない穴を覗き込んだような、暗く冷たい感情がプリシラの瞳を通して感じることが出来る。

突然、そんな感情を顕わにされても困惑してしまう。何故、それを今になって聞いてきたのか？　それを明かす意図は何なんだろうか？

「……プリシラは復讐したかったの？」

「以前、軽くお話ししたかと思いますが、私は父親との折り合いが悪かったですので」

「そこまで父親のことを憎んでたの？」

「父は私にとって世界の大部分を占めていた理不尽な支配者でした。なので父親どころかこの国すらも滅んでしまえばいいのに、と思ったことがあります」

「……どうして、いきなりそんな気持ちを打ち明ける気になったの？」

「不思議だったからです。私の境遇は良いものだったとは言えませんが、貴方様の環境の方がもっと酷いものだったでしょう。なのに復讐を考えなかったんですか？」

復讐。繰り返される言葉が心の奥底を揺らすかのように感じた。

私は息を整えるために深呼吸をしてから、プリシラへと向き直る。彼女は感情が凍てついてしまったかのように冷たい無表情を浮かべている。

憎しみを顕わにしてきた人を今まで何人か見てきたけれど、こんなに静かで冷ややかな示し方をする人は初めてだった。

「……憎いと思ったことは何度もあるかな」

「それでも復讐はされなかったんですね」

「うん。父上や母上が愛してくれたから。だから踏みとどまれたのかな」

「それでは、先王夫妻はこの国を救ったと言っても過言ではないでしょうね」

「それは流石に大袈裟じゃないかな？」

「本当にそう思っていますか？」

淡々とプリシラが私へと問いかけてくる。それに私は思わず口を噤んでしまった。

「私は貴方が本気でパレッティア王国を滅ぼそうと思えば可能だったと思いますが。それを食い止めたのは先王夫妻がアニスフィア王姉殿下を愛していたからなのでしょう？」

「それは否定しないけど……」

「大変ご立派なことではありませんか。貴方には復讐に走ってもいい大義名分があったのに復讐を選ばなかった。その上でこの国をより良くしようともなさっている。私からすれば信じられない程ですよ」

「……じゃあ、プリシラは信じられないって思う程に親やこの国を憎んでたんだ」

「ええ。だからこそユフィリア女王陛下を敬愛しているのです。そして、女王陛下にそうさせるだけの未来の可能性を示したアニスフィア王姉殿下のことも、心より尊敬しております」

プリシラのぞっとするような冷たさが消え去り、いつもの何を考えているのかわからない彼女へと戻った。

先ほどまですっかり冷たい雰囲気を纏っていたのに、ユフィのことを話す姿は人としての温もりを感じさせてくれる。

「私にとって、ユフィリア女王陛下は神のようなお方なのです。精霊契約者だからでも、女王だからでもありません。ただ、彼女という存在が私にとって大いなる救いとなったのです。あぁ、この世界はまだ祈ることが出来る存在がいるのだと」

「……そっか」

「だからアニスフィア王姉殿下にも興味があったのですが、今のお話を聞けてとても満足致しました」

本当に満足だと言わんばかりにプリシラは頷いてみせた。

私のことを不思議だとプリシラは言うけれど、私から見ればプリシラも不思議な人というか、不可解な人だと思う。

まだまだ彼女のことを理解するのには時間がかかりそうだ。

「父はアニスフィア王姉殿下ばかりではなく、先王様のことも侮っておりました。私からすれば、それこそが愚かな態度だと今なら思います」

「結果的に見れば、だけかもしれないよ？」

「結果を出しているのですから、それが正しいことなのではないですか？」

「正しくあって欲しいと、そう祈りながら進んでるよ。自分が間違っているのか疑いながらね。慢心は恐いよ」

「父に是非ともお伝えしたいお言葉ですね」

「……プリシラが憎まなくていい国にするよ。私たちが変えてみせる。だから変なことは考えないようにね」

変な人だとは思うけれど、悪い人だとは思わない。有能だし、出来れば側にいてくれればいいと思う。

そんな思いから零した言葉に、プリシラはきょとんとした表情を浮かべた。思わぬところで素の彼女を見てしまったかのようだ。

それからプリシラは、ふっと力の抜いた柔らかな微笑を浮かべてみせた。

「……それはそれは、実にお仕えし甲斐のあるお言葉ですね」

8章　強さの在り方

王都に戻ってから三日が過ぎた。その間に私は人工魔石を用いた新しい魔剣の研究と量産をティルティ、ハルフィス、トマスに託した。

王都でやるべきことを終えた後、私はナヴルくんたちと共に開拓地へと戻った。

「という訳で、ドラグス副団長！　暫く私たちは魔石の研究に集中しようと思うので、緊急の案件があったら何か知らせてください！」

私が勢いよくそのように言うと、執務中で書類に目を通していたドラグス副団長が苦笑を浮かべた。

「はぁ……まだ研究設備は十分に整っておりませんが、よろしいのですか？」

「逆に外の方が都合がいいから、空き地を借りてやるつもりだよ」

「了解致しました。実験がうまくいくことをお祈りしております」

「ありがとう。ちなみに私が不在の間に問題が起きたりした？」

「いえ、問題は特に何も起きていません。ただ……」

「ただ？」

「少々魔物の動きが気になりますな。こちらの隙を窺っているのか、頻繁には見かけなくなりました。周囲から離れたのなら安心なのですが、痕跡は減っていません。もしかしたら小規模のスタンピードが起きる可能性があります」

「ふむ……小規模とはいえ、スタンピードか。今の戦力で対応は出来そう？」

「現在、予測しうる規模ならば。ただし魔石持ちが現れた場合はわかりませんので、確実なことは言えません」

「わかった。それなら警戒を強めることで対応して。どんなに些細なことでも構わないから、異変があったら報せて欲しい」

「畏まりました」

　ふむ、順調に間引きが進んでしまったせいで魔物の警戒心を過剰に高めてしまったかもしれない。追い込み過ぎると魔物同士の争いが活発になって、ドラグス副団長が警戒している魔石持ちの魔物が出現してしまう。

「いや、でも魔石持ちか……新しい魔石を手に入れられるチャンス……？」

「何不穏なことを呟いているんですか、アニスフィア団長……」

「いや、何事も起こらないならそれに越したことはないんだけど、研究者としてはね？」

「……」

「……ナヴルくん、冗談です。いや、平和が一番だね！」

ジト目のナヴルくんに睨まれて、私は目を逸らしながら前言を撤回した。そんな態度に頭が痛いと言わんばかりにナヴルくんは首を左右に振る。

「研究したいという思いはわかりますが、今でもちょっと引く程度には魔石をお持ちなのですから、新しく増やす必要はないと思われます」

「わかってるって、ごめんなさい！　今ある魔石の有効活用法を考えますぅ！」

ナヴルくんの言う通り、私は結構な数の魔石を所持している。

今回研究するに当たって保管していたものを持ち込んだけど、最初にその数を見た皆の反応は軽く引いてた気がする。

とはいえ、この多くが活用出来ないまま暫くは眠らせるしかないんだろうけどね。それだけ魔石を扱える可能性というのは低いものだ。

「それじゃあ、検証するために早速移動しようか！」

私はナヴルくんたちを引き連れて、人が来ない空き地へとやってきた。

外壁から少し離れた拓けた場所で、遠目にこそ作業している人は見えるけれど、近くには私たちしかいない。そこで魔石を保管していたケースの蓋を開ける。

「本当にいっぱいありますね……」

「今まで団長がどれだけ魔物を狩ってきたのかと思うと、頭が痛いですね……」

ケースの中に入れられた魔石を覗き込みながらシャルネが感心したように呟く。

その隣でナヴルくんは溜息交じりにぼやいた。最近、溜息ばかりで幸福を逃してそうな彼の反応を心配しているとガッくんが肩を竦めた。

「ナヴル様、アニス様だから仕方ない」

「仕方ないで済ませて良い話ではない筈なんだが……」

「まぁまぁ！　じゃあ、魔石が反応するかどうかの実験をしていくんだけど、注意しておかないといけない点があるから、それについて説明させてもらうよ」

私は意識して気持ちを切り替え、表情を引き締めた。ここからの実験は注意しておかないと、何か起きた時に対処することが出来ない。

そんな私の気配を察したのか、皆の表情が厳かなものになる。ここまで真剣に話を聞いてくれて、本当にありがたい人たちだ。

この緊張感を保っている間に説明をしてしまおう。

「早々に自分と合う魔石が見つかるとは思わないけれど、もし魔石が反応しておかしいと感じたらすぐに手放して。最悪、魔石を取り込むような結果になるかもしれないから」

「魔石を取り込むですか……恐ろしい話ですね」

「本当に低い可能性だとは思うけれど、十分に注意して欲しい」

「わ、わかりました！」

私がそう言うと、ごくりとシャルネが緊張したように唾を飲み込んでいるのが見えた。

そんな彼女を安心させるように私は明るく告げる。

「あくまで想像し得る最悪のケースだけどね。可能性が低いとしても想定しておかないといけない話だ。精霊石と魔石はそれだけ違いがあると言ってもよい」

「可能性としてはどれだけあるのでしょうか？」

「んー……自分とまったく同じ顔の他人と遭遇するぐらいの確率かな？」

「……それって双子でもなければ難しくないっすか？」

「それだけ可能性が低いってことだよ、ガッくん。ただ、実際にどうなのかは情報が不足しているから、これから調べていくしかない訳だ」

「ふーん、そういう物なんすか？」

「私の経験から考えて、そんな印象かな？　とはいえ、魔力そのものを調べてるような研究はパレッティア王国でも十分じゃないんだ。魔力はただの魔力でしかない、って考える人の方が多いからねぇ」

ガッくんの呟きに私は思わず溜息を吐きながらぼやいてしまう。

魔力をただの魔力だ、と言うのは簡単だ。でも、魔力に差異があるからこそ得意な属性や不得意な属性という適性が存在すると考えられる。

もっと言えばティルティのように魔法を使うことによって心身を病んでしまう人もいるし、偏に魔力と言っても中身が解明されている訳ではない。

パレッティア王国において魔法は神秘にも等しく、それ故に物事の根本にまで迫ろうとする意欲が薄くなってしまうのかもしれない。それは仕方ないことだ。

この認識は時間をかけてゆっくりと変えていかないといけない。同時に信仰の対象だからこそ、性急に進め過ぎても良くない。

だから焦らずコツコツと進めていくのが一番の近道だと信じることにする。今日の実験もそのための一歩だ。

「アニスフィア団長、魔石に魔力が適合するのかどうかは、すぐにわかるものなんでしょうか？」

「それもやってみないとわからないかなぁ。どこまで魔石の力を引き出せるのかも未知数だしね。さっぱりダメって可能性も十分あり得るよ」

「難しい話ですね……」

「技術が進歩するには地道な試行錯誤が大事ってことだよ」

「そうですね。何か気をつけておくことや、意識しておくことはありますか？」

「うーん……そうだねぇ。精霊石は魔法と同じで、人の意思に反応して魔力を通すことで力を発揮する。でも、精霊石と魔石で大きく違うのは意思が宿っているかどうかかな」

「意思ということは、魔石はこの状態でも生きているということですか？」

控えめに手を挙げながらプリシラが問いかけてくる。その問いかけにシャルネがギョッとした表情を浮かべた後、そっと一歩魔石から距離を取っていた。

「生きている、という状態をどう定義するかによるけれどね。私としては生きてる訳ではないと思ってる。残留思念って言った方が良いかもしれないかな？」

「残留思念……」

「魔石が生み出されるのは、魔物たちが生きようとして過酷な環境に適応した末に起きる現象のはず。だから魔石には強い意志、思念が宿ると私は考えている」

私の中にあるドラゴンの魔石を考えれば、予想は外れていないと思っている。

完全に我が物となった魔石からは、時折知識が流れ込んでくることがある。といっても正解に近づいたら答え合わせのように思い浮かぶ程度で、試行錯誤している時には何の役にも立たないんだけど。

だったら最初からその知識を教えろ、って文句を言いたくもなるんだけど、いくら念じても反応がある訳じゃない。そうなるとドラゴンの意思が残ってないのか、それとも意地が悪いかのどちらかだ。私は絶対に意地が悪いからだと思っているけど。

後に、この仕組みを応用して生まれたのがヴァンパイアなのだろう。つまり魔石には意思が宿るものと考えた方が色々と辻褄が合うのだ。

「だから魔石の力を手にするには、その意思と同調するか、或いは上回る必要があると思うんだ。そうすることによって魔石を己のものとして、魔物はどんどん強くなる」

「強い意志ですか……」

「ちゃんと物証がある訳ではないけどね。それを解明するのが私たちの役目だ！　早速、実験を頑張っていこう！　問題を起こさない程度にね！」

「……良い言葉だと思うのだが、それを言っているのがアニスフィア団長だと思うと何故こうも不安が込み上げてくるのだ」

「うるさいよ、ナヴルくん」

憂鬱そうに肩を落とすナヴルくんにツッコミを入れつつ、私は魔石を収めているケースを持ち上げる。

「ほら、どれか気になるものがあるなら触れてみてよ。こういうのは直感も大事だよ」

「うぅ、魔石だと思うと触るのも躊躇しちゃいますね……とても珍しいものですし」

私の説明ですっかり尻込みしてしまったのか、シャルネが怖々とした様子で一歩距離を取っている。

「現時点では利用価値が少ないから、そこまで重要なものではないけれどね。名誉の証としては価値が高いと思うけど」

「名誉の証、ですか……」

「……？　ガッくん？」

なんだろう、ガッくんがいつもと違って妙に神妙な態度で魔石を眺めている。

その様子が気になってガッくんの様子を窺っていると、ガッくんが顔を上げた。

「アニス様、あの魔石も持ってきてるんですか？」

「あの魔石？」

「……フィルワッハで会った亜人の魔石ですよ」

「……あぁ。うん、あるよ。これだね」

ガッくんが神妙な態度を取っている理由がわかった。

ヴァンパイアに追われて、半ば異形となりかけていた亜人の彼。そんな彼を看取ったのはガッくんだった。

彼が残した魔石を示すと、ガッくんはそっと触れてから手に持った。魔石を太陽の光に透かすように持ち上げながら、ぽつりと呟く。

「……アニス様の言うように魔石に意思が残るって言うなら、アイツが何を考えてたのかもわかるんでしょうかね？」

「……どうだろう。確かなことは言えないかな」

「いや、ちょっと気になっただけなんで。試しに魔力を通してもいいですか？」

「どうぞどうぞ」

私が許可を出すと、ガッくんは頷（うなず）いてから魔石を握りしめた。

暫（しばら）くガッくんは黙っていたけれど、特に何の反応もない。ガッくんも手応えを感じなかったのか首を左右に振る。

「……ダメっすね」

「うーん、やっぱり何も反応がない感じかな？」

「反応がないっていうか、魔力が入っていかないというか、やっぱり精霊石に魔力を込めるのとは違う感じですね」

「そっか。やっぱりただ魔力を込めるだけじゃダメなのかな……？」

「アイツ、どんな魔法を使ってたっけなぁ。確か、こう、全身に炎を纏（まと）うような——」

ガッくんがブツブツと呟きながら魔石を見ていると、魔石がぼんやり光ったように見えた。見間違いかと思ったけれど、やっぱり仄(ほの)かに光っている。

それを指摘しようとした瞬間、光がふっと消えた。次の瞬間、いきなりガッくんの手が発火した。

「えっ⁉」

「おい、ガークッ⁉」

「手、手が！　ガークさんの手がぁっ⁉」

「……ん？　な、なんだ？　手がなんだって？」

私が驚き、ナヴルくんが慌てて、シャルネが悲鳴を上げる。

そんな私たちの反応に何やら考え込んでいたガッくんが慌てたように顔を上げる。

そして自分の手が炎に包まれているのを見た途端、固まってしまった。

「うぉおおおっ⁉　なんじゃこりゃぁ――――っ⁉」

「ガーク、魔石から手を離せ！」

「あ、熱くないんですか⁉　燃えてますよね⁉」

「そりゃ熱いに決まって……！　熱くない⁉　なんだ、これ！　どうなってんだ⁉」

ガッくんが叫びながら手を振るけれど、炎は纏わり付いたまま離れることはない。

慌てた様子でナヴルくんとシャルネが叫ぶけれど、ガッくんもすっかり慌ててしまっていて聞こえていないようだ。

「け、消そう！　とにかく炎を消さなきゃ⁉」

「失礼致します、ガーク様」

揃いも揃って慌てふためく中、プリシラが冷静にガッくんの手に水球を当てた。

けれど、その炎はすぐに消えることなく、水球が掻き消されるように弾かれる。それを見たプリシラの目が大きく見開かれた。

「これは……」

「炎が消えない……⁉」

「いえ、それでも勢いは弱くなりましたよ！」

「なら、もう一回……」

「……いや、もう大丈夫だ。今消す」

プリシラがもう一度、魔法を使おうとしたのを落ち着きを取り戻したガッくんが制する。そのまま大きく深呼吸した後、ゆっくりと目を閉じた。

彼の手に纏わり付く炎はその勢いを弱めていき、そっと消えていく。その手には一切の火傷もなく、思わず胸を撫で下ろしてしまった。

「ガッくん、大丈夫だった？」

「あ、はい。特に問題はありません」

「魔石も大丈夫？」

「ええ、大丈夫だと思います」

ガッくんが私に魔石を見せるけれど、何か変化した様子はない。

安堵（あんど）から大きく息を吐いて額を拭う。汗が浮いていたようで、手の甲に湿り気を感じた。

本当にビックリしたなぁ。

「ガーク、一体何をどうやったんだ？　どうして魔石の力を発動出来たんだ？」

「いや、あの亜人がどんな風に魔法を使っているのか思い浮かべながら魔力を込めてたら、なんか火がついてて……」

「あの亜人の力を再現したってこと？」

「そうなんでしょうかね……？」

ガッくんはいまいち理解していないのか首を傾（かし）げている。私もまさか、こんなにあっさり魔石の力を発揮出来ると思わなかった。

「同じことをもう一回出来そう？」

「やってみます」

ガッくんがもう一度、魔石を握りしめながら意識を集中させていく。

暫く唸っていると、また仄かに魔石が光り始めた。そして魔石を握っているガッくんの手に炎が灯る。

その炎はガッくんの手を焼くそぶりは見せず、ただゆらりと揺らめく。何とも不思議な炎だと思う。

「出来ました……けど、結構キツいですね、これ」

「キツい？」

「普通に使う魔法よりもずっと使い難いっていうか……もの凄く疲れますし、自由に操れそうにはないです」

「消すのは出来る？」

「それは余裕ですよ」

ガッくんがそう言うと、炎は何事もなかったかのようにあっさりと消えていく。やはりガッくんの手にも、魔石にも異常はない。

不思議な炎だとは思ったけれど、普通の魔法とは何か違うのかな？

「私は魔法を使えないから疑問なんだけど、あんな風に直接手に炎を纏うのは出来るものなの？」

「いやいや、あんな身体に直接纏わせるようなことはおっかなくて出来ないですよ……」

「杖や武器に魔法を纏わせることはありますが、直接身体に纏わせるようなことをするのであれば、かなり制御に長けていなければ難しいです」

「でも、魔石の力を使ったガッくんの手は間違いなく燃えてたよね……？」

「燃えてたっていうか、炎が完全にくっついてましたね……？」

ぷらぷらと手を振りながらガッくんが不思議そうに自分の手を見つめている。

何度見てもガッくんの手には火傷一つ存在しない。一体どういうことなのか気になって仕方ない。

「そもそもガッくんって魔法はそんなに得意じゃないって言ってたよね？」

「そうっすね、だから正直あんなことが出来たことにビックリですよ」

「ナヴルくん、悪いけどガッくんと同じように発動出来るか試して貰える？」

「わかりました」

ナヴルくんがガッくんから魔石を受け取って、意識を集中させる。けれど魔石は光るようなこともなく、何の反応も示さない。

暫くナヴルくんも集中していたようだけど、首を左右に振った。

「……ダメですね、私では何の反応もないようです」

「じゃあ、この魔石に反応するのはガッくんだけなのかな?」

「私も試してみましょうか?」

「では私も」

ナヴルくんに続いてシャルネとプリシラも魔石を受け取って試すけれど、反応することはなかった。

それで再びガッくんに魔石を発動出来るかどうかを試して貰うと、やはりガッくんの時には反応を示す。

「間違いなくガッくんだけに反応しているね」

「どうしてでしょうか?」

「うーん……」

皆が首を傾げる中、私はある程度見当をつけていた。大きく分けて可能性は二つだ。

一つ目は、単純に魔石とガッくんの魔力の相性が良かった可能性。

二つ目は、あの亜人は最後にガッくんと何か通じ合った様子があったから、その意思が残っていることで私とドラゴンのような関係になっている可能性。

どちらであってもおかしくはないけれど、それを証明するのは難しそうだ。魔石に意思が残っているなんてどう証明すればいいのか、私にだって悩ましい。

私はドラゴンの魔石を取り込み、その思念が残っていると感じているけれど、必ずしも意思疎通が出来ている訳でもないし、会話をすることだって出来ない。

結局、外から見ている人に証明することが難しいという話になってしまう。これの解決にはどうしても時間がかかってしまうだろう。それよりも大事なのは……。

「アニス様」

思考に集中しているとガッくんに声をかけられた。ガッくんはとても真剣な表情で私を見つめていた。

「この魔石を魔道具にするんですよね？　となると……」

「そうだね、ガッくんに使って貰うことになる」

「……そうですか」

ガッくんは大きく息を吐いて、握りしめた魔石に視線を下ろした。

普段は細められている目の開いた彼が何を思っているのか、その心情は定かではないけれど彼がとても思い詰めていることはよくわかる。

「……恐くなった？」

「いえ、恐れ多いとは思いますが、単純に恐い訳ではないです。ただ……」

「ただ？」

「俺はあの亜人の最後の姿が忘れられません。だからこそ、この力を自分が預かることに思うことがあるっていうか……半端なことは出来ないな、と思って」

淡々と呟いたガッくんは、普段の彼からは想像が出来ない程に落ち着いていた。

その様はまるで静かに、けれど確かに燃える炎のようだ。激しく燃えることはないけれど、夜闇を照らす確かな灯火のような安心感を覚える。

不思議と今のガッくんを見ていると不安に思わない。だからこそ私の頬も自然と緩んで、肩を軽く叩く。

「ガッくんならきっと、その力を使いこなせるようになるよ。今の君を見て、そう確信することが出来た」

「アニス様」

「きっとガッくんは、私がドラゴンに対して感じている思いと似たような思いを感じていると思うんだ。それが彼等の生命を、存在そのものを預かるということなのかもしれない。そう思うと身が引き締まるからね」

考えてみれば、ドラゴンもまた私に託したのかもしれないと思う。

死して尚、残せるものがあるとするなら。自分の歩んできた一生を形にすることが出来たのなら。

人とは違うけれど、それは一つの継承の形なのかもしれない。自分そのものと言っても過言ではない魔石を他者に明け渡すこと。それもまた命の連鎖の一種と考えればあり得ない訳じゃない。


この継承の連鎖は人によっては祝福だと思えるし、呪いだと感じるかもしれない。

なら、受け継ぐ者としてそれが悪しき方向に繋がらないように願い、祈り、託していくことが私に出来ることで、続けていかなければならないことだ。


……ふと、そこまで考えてアクリルちゃんのことを思い出した。

いつかした彼女との問答。アクリルちゃんは私とは異なる思想を持っていた。

この考え方は彼女に通じるようなところがある気がする。生命の連鎖、生きていくこと、死んでいくこと、どう生きて、どう死ぬのか。

……待てよ？　これはアクリルちゃんとはもう一度、しっかり話をすべきなのかもしれない。亜人たちのことを私はまだよく知らないし、もっと詳しく彼女たちの価値観を知るべきだ。

もしかしたら魔石を魔道具に利用するのが、彼女たちにとって禁忌に触れるとかだったら考え直さなきゃいけない。

「アニス様？　どうかなさいましたか？」

「ごめん、ちょっと早急に確認したいことが出来た！　ドラグス副団長に報告して出かけるよ！」

「えっ⁉　急にどうされたんですか⁉　出かけるってどちらに⁉」

「辺境へ！　アルくんのところに確認したいことがある！」

「はぁあああ⁉」

ナヴルくんが愕然（がくぜん）としているけれど、何で私もすぐに思い至らなかったんだろうね！

ドラゴンの魔石とか今まで自由に利用してたからだね！

それに魔石を利用することに抵抗がないんだったら、アクリルちゃんから何か参考意見とか貰えるかもしれないし！　うん、これは計画を進めるために重要なことだ！

「ちょっと待ってください、アニスフィア団長――ッ‼」

＊　＊　＊

「貴方（あなた）は先触れを出すという常識がないのか？　自分の立場に自覚がないのは既に知っていることだが、その突拍子のない行動に巻き込まれる人間がどれだけ苦労するのか、そんなことを考える想像力すら欠如しているのか？　いや、出来る筈（はず）だな？　やらないだけで。そうだろう、姉上？」

「だ、だからごめんって謝ってるじゃん……」

「……とっても迷惑」

「ごめんってぇ！」

至急、アクリルちゃんに話を聞きに行かなければと慌ただしく飛び出してきて、エアドラとエアバイクで辺境にやってきた私たち。

そこで再会した二人にねちねちと嫌味を言われ続けている。

一緒に付いてきてくれたガッくんたちは、私を助けようともせず、巻き込まれたくないと言わんばかりに視線を逸らしている。

「姉上。私は、今、非常に忙しい。手短に要件を話してくれ」

アルくんは不機嫌さを隠そうともせずにそう言い放った。

いや、確かにアルくんが忙しいのは知ってたよ？　男爵の地位を授かって辺境の開拓を先導しているんだから、立場としては今の私と似てると言えば似ているしね？　ただ思い立ったら確認せずにはいられなくて仕方なくてですね……？

「あの、用があったのはアクリルちゃんで、だから席を外しても……」

「彼女の立場は複雑であるが、考えようによっては賓客であり、リカント族の代表と考えるべき人だ。そこで姉上が問題を起こせばどうなるか……」

「め、迷惑はかけないって……」

「今かけてるでしょ？　信用がない」

「うぅ……！」

アクリルちゃんにまで無慈悲にバッサリと切り捨てられる。私が悪いのはわかってるんだよ、わかってるんだけどへこんでしまう。

「アルガルド様、ご迷惑をおかけして大変申し訳ありません。私からも後で注意しておきますので……」

「姉上の補佐というのも大変だな、ナヴル……」

「……ははは」

心底同情したようにアルくんが言うと、ナヴルくんが虚ろな目で笑い始めた。

そんな中で皆からちくちくと刺さるような視線が私に向けられ、気まずさに肩を竦めてしまう。

そんな空気を終わらせようとしたのか、アルくんが軽く咳払いをした。

「ごほん……それで姉上。結局、何の用なんだ？」

「えっと、実は新しい魔道具の研究をしているんだけど、その素材に魔石を使おうと思ってるんだ。それって亜人から見てどう思われるのかなって気になって……」

「魔石を？」

アクリルちゃんは私の話にきょとん、とした表情を浮かべた。その表情は心底不思議だと言っているかのようだ。

あれ、私が考えていたような反応じゃなかった。思っていなかった反応に戸惑いつつも、私はアクリルちゃんに話を続けた。

「私が持っている魔石は魔物から集めたものなんだけど、実はその中に亜人のものもあるんだ。それが魔道具に使えそうだったんだけど、それを利用していいものなのか気になって、アクリルちゃんの意見を聞きたかったんだ」

「……亜人の？」

「ヴァンパイアの騒動の時に、ちょっとね。決して亜人から奪い取った訳じゃなくて、自分から差し出してくれたものなんだけど……」

「ふーん」

「……なんか反応が随分軽いね？」

「……そう？」

「だって亜人にとって身体の一部だから、道具にされるのは嫌なんじゃないかなぁ、って」

「あぁ、成る程……そういう心配をしてたの」

ようやく納得がいった、と言うようにアクリルちゃんが訝しげな表情を和らげた。

「正直、今更聞かれるのも驚くというか、別に卑怯な方法で騙し討ちをしたりとか、無理矢理殺して奪い取ったとかだったら流石に嫌悪するけど、ちゃんと自分から託したものであれば気にする程のことでもないから」

「そうなの？」

「亜人にとって魔石は自分自身のようなものだから。大切なものだからこそ、託したということは貴方たちを認めたってこと。私たちには死にゆく者が後を託す者に自分の魔石を捧げる風習があるんだ」

「認める……」

「魔石は力の源。だから死の間際に信頼出来る人がいるなら、その人に自分の魔石を託すんだ。相手がいなければ自然に還すけれど、家族や認めた相手に自分の死後、魔石を託すことは普通のことだよ」

「……そうなんだ」

それは亜人特有の価値観なのかもしれない。魔石を受け継いで生まれてくる彼等にとって、魔石とは力の源であり、自分が生きた証になる。

それを大切な人たちや、自分が認めた相手に託すというのはわからない話ではない。

「じゃあ、魔石を託されたのって……」

「そういうことよ。アニスフィア、お前たちになら託していいと思ったんだよ。私たちはそうして生命を受け継いでいく。だから魔道具として使いたいって発想には驚くけれど、それも受け継ぐ方法の一つだと考えることが出来るよ」

「そっか……」

アクリルちゃんは特に深く思う様子もなく、平然と言った。ある意味で考え方としては私と同じか、それぞれの立場が違うだけで。

亜人にとって魔石は自分自身のように大事なものだけど、だからこそ受け継ぐというのならそれは構わない。方法がどうであれ、忌避されるようなことではない。

思っていた以上に心配してしまったけれど、これならガッくんに適合した魔石で魔道具を作るのは問題なさそうだ。

「それにしても、魔石を受け継ぐんじゃなくて道具として使おうって発想が凄いね。誰もそんなこと考えたことなかったよ」

「誰でも使える訳じゃないから、万人向けって訳じゃないけれど。あまり公にするものでもないかな、とは考えてる。今は良くても、今後亜人が増えてきて魔石が狙われるようになることだってあり得るし」

「それは確かに気分が悪い話だけど……それは遠い先の話じゃない？　パレッティア王国が亜人と共存するのだって時間がかかるでしょう？　まだ集落でも見つけた訳でもないんだし。気が早いと思うのだけど」

「それはアクリルちゃんを知ってるからね。気を遣わない訳にはいかないよ」

「……ふーん」

アクリルちゃんは何とも微妙な表情で生返事をする。そんなにも私に気を遣われるのが釈然としないのか……。

将来は義理の妹になるかもしれないんだから、もっと仲良くしたいんだけどなぁ。

「私はどんな形であれ、魔石を利用するなら人の助けになるものであればいいと思うとしか言えない。私たち亜人の習わしとは違うけれど、それもまた一つの形なんだと思うし」

「そっか。じゃあ、ついでになんだけどアクリルちゃんの力の使い方など聞いてもいいかな？　魔道具を作る参考になれば助かるんだけど！」

「ええ……？」

「そんな面倒そうな顔をしないでよぉ！　お願い！　ね⁉」

私が拝み倒すと、アクリルちゃんはとても嫌そうな顔でアルくんへと視線を向けた。

アクリルちゃんに視線を向けられたアルくんは静かに首を左右に振る。

それを見たアクリルちゃんは項垂(うなだ)れるように肩を落とした。

「……はぁ、わかった。手短に済ませてね」

「ありがとう、アクリルちゃん！」

「ひっつくな！　鬱陶しい‼」

それから私はアクリルちゃんからリカントのことや、亜人の風習について根掘り葉掘り聞き出した。

付き合わせてしまったアクリルちゃんがぐったりしていたけれど、これも未来への投資ということで許して欲しい！

＊　＊　＊

「いやぁ、アクリルちゃんから参考になりそうな話をいっぱい聞けて助かったよ！」

「……もういいから帰れ、って感じで見送られましたね」

「ははは……いやぁ、皆！　今日はお疲れ！　ゆっくり休んでね！」

アクリルちゃんの話を聞き終えた後、私たちは足早に都市建設予定地へと戻ってきた。

この強行軍も飛行用魔道具があって可能になったことだ。アルくんとアクリルちゃんには迷惑をかけちゃったけど、技術の発展には苦労が付きものなんだよ！

……今度、アクリルちゃんにはお礼とお詫びを兼ねた贈り物をしよう。嫌われたくはないしね！

「今日は付き合ってくれてありがとう！　明日からまたよろしくね！」

誤魔化すように解散を告げると、皆が思い思いに去って行く。それを見送った私も自分の部屋に戻ろうとしたけれど、ふと気になる人が足を止めていた。

「ガッくん？　どうしたの？」

「アニス様」

声をかけると彼は振り返る。いつものような明るい調子ではなくて、何か思い悩んでいるようだった。

珍しい、と思いつつもちょっと心配になってしまった。

「何か悩みがあるなら相談に乗るけれど……」

「いや……悩みというか……」

ガッくんは口をもごもごさせながらハッキリとは言わない。問い質すのは簡単だったけれど、何故か今のガッくんにそれを急かせるのは良くないと感じた。

私は黙ってガッくんが言葉にするのを待つ。暫く呻くように声を漏らしていたガッくんだったけれど、まるで観念したかのように口を開いた。

「……最近、なんか自分が情けなく感じて」

「えぇ？　どうしてまたそんなことを？」

「アニス様は魔学都市を建設する話が起きてから忙しくなったじゃないですか？　アニス様だけじゃなくて、ハルフィスやナヴル様も……」

「それは、そうだね」

「……あの二人は自分が出来ることでアニス様の役に立とうとしているじゃないですか。でも、俺は二人みたいに何か出来ることなんて少なくて……」

「ガッくんはガッくんの仕事を果たしてるよ。そんなに卑下することはないと思うけど」

「俺だって他人を僻んだって意味がないことぐらいわかってますよ。実際、あんまり気にしないで過ごしてましたしね。でも……」

ガッくんは私から視線を逸らして、ここじゃないどこか遠くを見つめるような眼差しになった。薄らと開かれた瞳は一体何を見ようとしているんだろうか。

再びガッくんの口が重たくなってしまい、それに伴って空気も重くなっていく。それに耐えられなかったのは私じゃなくて、ガッくんの方だったようだ。

「俺、必死さが足りないのかな、って。全然努力出来てないんじゃないかって」

「……なんでそんな風に考えるようになったの？」

「アニス様はあの亜人の魔石、これから魔道具にするんですよね……？」

「うん。出来れば魔力が適合しているガッくんに試してもらおうと思ってるけど」

「俺があの魔石を預かる資格があるのかわからなくなってしまって。俺は皆のように立派なことが出来ている訳じゃないから……」

「……アクリルちゃんから亜人たちの話を聞いたから？」

私の問いにガッくんは静かに頷いた。彼の握りしめた拳が僅かに揺れている。

ガッくんの返答を聞いて、私はどう言ったものかと悩んでしまう。どうしてそんなことを考えてしまったのか、その気持ちが少しわかるような気がするから。

他人と比べても仕方ないこともある。意識しすぎても自分のことを見落としてしまう。

ガッくんは今、その思考の沼に嵌まってしまいそうな危うさがあった。

だからこそ言葉を選ばなければならない。彼に誤解されないように、ちゃんと伝えるために。今のガッくんは放っておけないし、だからこそ真剣に考える。

「ガッくんは、必死になれない自分がダメだと思う？」

「え？」

「焦る気持ちも大事だと思うんだ。でも、焦りに囚われて間違いを招いたら全部台無しになっちゃうかもしれない。私は必死になることが必ずしも良いことだと思わないんだ」

「……」

「わからない、って感じかな？」

「……はい」

「悪い意味じゃないんだけど、ガッくんって確かに本気で必死になったことはないのかもしれないね。私と違ってさ」

「アニス様？」

「焦って、悔しくて、悲しくて、憎くて、それでも藻掻かないと溺れてしまうような現実がずっと続いていく。私が思う必死な日々って、そういうことだと思うんだ」

心から望んだものが手に入らない。なりたかった理想の自分にもなれない。

誰からも認められることもなくて、それでも生きることを諦められない。

底なし沼のように沈んでいくばかりの毎日。何かを摑むことが出来なくて、それでも顔を上げなければいけなかった。

それはアニスフィア・ウィン・パレッティアが歩いてきた人生だ。

「不幸を自慢する訳じゃないけれど、ガッくんには私の境遇を、それで感じたことの全てを理解出来るとは思わないんだ」

「……それは、そうっすね」

「私はいつも必死だったし、アクリルちゃんも私とは別の厳しさで必死だったと思うんだ。厳しい現実を乗り越えないと生きていけない。それを当たり前だと思って受け入れないと前に進むことも出来ない。どんなに嫌でも飲み込まなきゃいけない」

そこまで言ってから、私は口を閉じて目の前の彼を見つめる。

ガッくんは戸惑った様子だけど、私から視線を逸らす訳にはいかないと思っているのか真っ直ぐに見つめてくる。

「私は何事も必死になれば良いとは思わない。それを決めるのは自分であるべきだ」

「自分で決める……」

「だって、どうしようもない現実を飲み込むしかないのと、自分から望んで飲み込むのは全然違う話でしょう？」

「……ッ!? あ、俺……！」

笑いながら言ったつもりだけど、ガッくんが何かを察したように驚いた後、後悔を滲ませた表情になってしまった。

やっぱり気を遣わせてしまっている。でも、この話に触れないと伝えたいことが伝えられないんだ。

「すいません、そんなことを言わせてしまって！　俺の配慮が足りなくて……！」

「そうじゃないんだ、ガッくん。私が言いたいのは、君は君のなりたい自分になれば良いって話なんだ」

私がそう告げると、ガッくんが弾かれたように顔を上げて私を見た。

この言葉は私を救ってくれた言葉だった。何年もずっと欲しかった言葉。でも、自分に与えられるものではないと諦めていたもの。

「私は今まで自由に好き勝手やってきた。でもね、それはワガママが許されてたからじゃない。それこそ真面目に王女なんてやってたら、もっと苦しい状況になっていたかもしれない。本当はそれでも王族であることを背負っていれば良かったのかもしれないけど」

もしも、諦めずにずっと王女であることを続けようとしていたら私はどうなっていただろうか。

それに私は耐えられただろうか。王女であろうとすればあろうとする程、魔法を使えないという欠点がどこまでも足を引っ張る。

今でさえ、まだどこかで心が疑っているような感じがする。自分も、他人も簡単に信じることが出来ない。信じたいのに、思い出したように疑いたくなってしまう。

それは隠せない私の弱さだ。そんな弱さを抱えたまま、今よりも王女であろうとしていたら私は壊れていたかもしれない。

必死になるってことは、そういうことだ。私は生きたくて、夢も諦めたくなくて、本当は認められたくて、ちゃんと愛されたかった。ただそれだけだったんだ。

「選びたいじゃなくて、選ぶしかない。そんな時は誰だって訪れるのかもしれないけれど、出来れば自分がちゃんと望んだ人生だって言える方がいいでしょう？　皆にそれぞれ理由があって、自分だけの理由を大事にしていいと思うんだ。ガッくんの人生はガッくんだけのものだから」

「俺の人生は、俺だけのものですか……」

「うん。ガッくんだけじゃなくて、ハルフィスやナヴルくん、シャルネにプリシラ、私と関わってくれる人には特に自分の思うままの人生を歩んで欲しい」

それが私が目指す、私の夢見た未来だ。限られた選択肢の中から選ばされるのではなくて、自分で選びたいものを選べるように。

そんな自由な未来を私は皆に手渡したい。それを誰よりも望んで、簡単には手に入らないことを知っているから。

「他人の人生と比べたくなるのは普通のことだよ。隣に人がいれば気になるものだから。でも、それで自分を見失って焦ってばかりだったら大切なことを見落としてしまうかもしれない。ガッくんは私の夢を応援してくれたからそんなことにはなって欲しくない」

「アニス様……」

「運が良かっただけ、そう思うこともあるだろうけどね。でもね、運が良かった時にチャンスを自分のものに出来るかどうかは、それまでにどれだけ自分に自信が持てるかどうかなのかもね」

「自信ですか……耳が痛いっすね」

「ハルフィスも、ナヴルくんも凄い努力してるからね。簡単には追いつけないのはわかるよ。でも、ガッくんが劣ってるとは全然思わないよ」

「……なんか、恥ずかしいっすね。改まってそう言われると」

ガッくんは表情の選択に困って、誤魔化すように笑みを浮かべた。

そんな彼の背を強めの力で叩く。衝撃でガッくんが息を吐き出した後、背中をさすりながら情けない表情で私を見る。

「落ち込んでる暇なんてないよ、ガッくんは魔石を用いた魔道具の使用者になるんだから。それはナヴルくんでも、ハルフィスでも出来ないことなんだから」

「……俺の力だって胸を張れないんですよね。なんか借り物な気がして」

「だったら、借り物であっても誰より極めてしまえばいい。持ち主が譲りたくなってしまうくらいにさ。どう？」

「どうって、簡単に言ってくれますね……」

ガッくんはガシガシと強めに自分の髪の毛を搔き混ぜた。それから視線を上に向けるように軽く仰け反って、大きく息を吐き出した。

姿勢を戻して私を見た時、ガッくんの表情はいつもの明るい彼のものに戻っていた。

「情けない！　やっぱり何か考えるのは俺の性に合わないっすね！　後先考えずにひたすら打ち込む！　それしかない！」

「それでこそガッくんらしいよ」

「お手数をおかけしました！　本当、怖じ気づいてる暇がないって話ですよ！」

ガッくんは両手で自分の頰を挟むように叩いた。軽く赤くなっている頰が心配だけど、いつもの彼に戻ってくれて一安心だ。

「アニス様だったら、俺が俯いている間に見えないところまで飛んでいってしまいそうですからね」

「人のことを何だと思ってるのさ？　それに私が見えなくなったからって追いかけるのを諦めたりはしないでしょ？」

「根性と諦めの悪さはいい線行ってると思うんで！」

「それは確かに」

そう言い合ってから、私たちは笑い合った。

もう大丈夫かな。ガッくんの悩みは、ハルフィスとナヴルくんが自分の力を発揮出来る居場所を見つけたことが大きいんだと思うけどね。それならガッくんにも活躍出来る場を与えてあげたらいいんだけど……。

「……待てよ？」

ふと、脳裏を過ったことがあった。

ドラグス副団長から聞いた魔物の話と、魔石を用いた新しい魔剣。

この二つを結びつけると、一石二鳥の計画を進めることが出来るんじゃないかな？

「アニス様？　あの、何か思いついたんですか……？」

「……うん！　うまくいけば色んな問題が一気に解決するアイディアがね！　これは明日にでも皆に相談して動き始めないと！　忙しくなるよ！」

「……本当に忙しくなりそうだなぁ」

「付いてきてくれるんでしょ？」

私がそう問いかけると、ガッくんは不敵な笑みを浮かべてくれるのだった。

9章　剣、その手にありて

新造都市を建設しようとしている土地は、かつて開拓に失敗して王家に返還されたものだ。長年、人の手が入っていないのだから魔物が蔓延るような場所が無数にある。

その一つである森、そこに鎧を纏った騎士たちが集っていた。整列をする彼等の前に立ったのは、ドラグス副団長。

「総員、傾聴！　アニスフィア団長からのお言葉である！」

ドラグス副団長から発せられた低く響き渡る声。重くお腹の底にまで届きそうな威厳のある声質に苦笑しそうになる。

整列していた騎士たちがより背筋を伸ばす中、私は一歩前に出る。その両隣にはガックんとナヴルくんが控えた。

「皆、楽にして」

まずはそう声をかける。私の言葉に騎士たちが緊張を保ちながらも姿勢を楽なものへと変える。

私の指示で人が動くという光景は相変わらず慣れない。そうも言ってられない立場になったのだと、何度も繰り返した確認作業を心の中で済ませる。

「今日の任務は、いつもの魔物の間引きとは異なる。今までとは勝手が違うだろうけれど、今日の成功が明日に繋がると思ってより励んで欲しい。あぁ、でも怪我はなるべくしないように！　開拓はまだまだ始まったばかりなんだから！」

最後に冗談交じりで明るく告げると、騎士たちの表情が少し緩んだ。中には笑い声を零す人もいる。緊張しすぎるのも良くないからね。

そんな緩んだ空気にドラグス副団長がわざとらしい咳払いをする。すぐさま騎士たちが緊張を取り戻し、楽にさせた筈の姿勢が戻る。

「……私からは以上だよ。引き続き、指揮はドラグス副団長にお願いするね」

「畏まりました。――総員、作戦開始！　迅速に行動せよ！　パレッティア王国に精霊の加護があらんことを！」

『パレッティア王国に精霊の加護があらんことを！』

力強く揃えられた宣誓の後、騎士たちは素早く森の中へと散っていく。それを見送っているとドラグス副団長が深く溜息を吐いた。

「ご苦労様です、アニスフィア団長」

「お互い、慣れそうにないね？　ドラグス副団長」

「なんの、貴方と比べて誇れるものはこの年の功ぐらいのもの。この程度はこなせなければこの場にいるのが恥ずかしくなってしまいます」

　握った拳で自分の胸を叩きながらドラグス副団長は笑みを浮かべた。

　その笑みをすぐに引っ込めて、森へと視線を移す。鋭い視線は見えない敵を探しているかのようだ。

「うまくやってくれれば良いのですが……」

「慎重さを忘れなければ大丈夫だよ。そんな柔な訓練をさせてきた訳じゃないでしょ？」

「無論、アニスフィア団長からお預かりしている騎士たちですからな」

「……ドラグス副団長にはとても助けられてる。本当にありがとう」

　騎士を率いて指揮をするだなんて、正直出来る気がしない。それを代理で担ってくれているドラグス副団長には感謝しかない。

　改めてお礼を伝えると、ドラグス副団長は首を左右に振った。

「お礼など不要です。これが私の役割でございますからな。アニスフィア団長が自らのお役目を果たしてくださるのなら本懐というものです」

「そう言ってくれると助かるよ」

「それに年甲斐もなく胸が躍っているのですよ」

ドラグス副団長は私から視線を外して、私の隣に立っているガッくんとナヴルくんへと視線を向けた。

二人は今日は随分と静かで、ドラグス副団長から視線を向けられても口を開かずに直立不動である。

「本日は楽しみにしておりました。――〝新作の魔剣〟、その実戦試験を」

「まだまだ試作中だから、完成と太鼓判を押すにはもうちょっと時間がかかるけれどね」

ドラグス副団長が告げた通り、私たちが森にやってきたのは新型の魔剣を実戦で試すためだ。

魔剣の開発自体は、今まで蓄えてきたノウハウによって滞ることなく進められた。

そこにドラグス副団長が気にしていた魔物の動向問題と絡めて実戦での試験を行うことを考えた訳だ。

これで魔剣の性能を確認をすることが出来るし、魔物の間引きも行うことが出来て一石二鳥。まぁ、理由はそれだけじゃないんだけどね。

「ガッくん、ナヴルくん、準備はいい？」

私は隣に控えていた二人へと声をかける。すると、最初に口を開いたのはガッくんだ。

いつもよりも真剣な表情で黙っていた彼は、口を開くなりこう言った。

「……胃が痛いっす」

「それでさっきからずっとそんな表情だったの⁉」

「緊張するなって言う方が無理ですよ⁉」

今にも頭を抱えてしまいそうな様子のガッくん。そんな彼にナヴルくんが眉間を押さえながら深々と溜息を吐いている。

「ガーク、そんな調子でどうするんだ。これは研究室にとっても騎士団にとっても重要な作戦なんだぞ？」

「だから緊張してるんじゃないですか！」

「……緊張するのはわかるが、あまり無様な姿を晒してくれるな。今も他の騎士たちが私たちのために魔物を追い立ててくれているのだから」

「わかってますけどぉ……」

そう、今回森に入った騎士たちの目的は魔物を討伐することではなくて、魔物をここに誘導することだ。

ガッくんとナヴルくん、二人に授けた新型の魔剣を実戦で使うのに魔物をいちいち探して回るより、間引きも兼ねて集めてしまった方が良い。

「今後、魔道具の実戦試験にはこうした誘導指示を出すことが増えるだろうからね。これでうまくいってくれればいいんだけど」

「必ず成功させてみせます」

私がぽつりと呟くと、すかさずナヴルくんが恭しく一礼を取ってみせる。

そしてガッくんは、よくわからない呻き声を出しながら身をくねらせた後、音が大きく響く勢いで自分の両頬を叩いた。

それで気合いが入ったのか、ガッくんの気配が切り替わる。

「無様な姿を見せました。もう大丈夫っす」

「気負うことはないよ。もしダメだったら私もいるからね」

「……それじゃダメなんすよ」

ガッくんは苦笑を浮かべた後、私と正面から向き合うように身体の向きを変えた。

「――もう足手まといだから下がれ、なんて言わせたくないですから。アニス様に仕える騎士として、俺は誇れる自分になりたいんで」

……あぁ、と。私は思わず吐息を零してしまった。

ガッくんにそう言ったのは、確かフィルワッハでヴァンパイアと戦った時だったかな。

あの時、私は皆を守りたくてそう言った。自分しか出来ないと思って。

でも、それはガッくんからしてみれば侮辱されていると言われても否定出来ないような言葉だ。

「それはガークだけの想いではありませんね」

「ナヴルくん」

「アニスフィア団長、貴方が為し得ることはとても多い。しかし、その全てを一人で果たせる訳がありません。だからこそ、貴方の手足となれるように私たちは結果を出さなければならない。そうだな？　ガーク」

「そうですね、ナヴル様」

二人は互いに不敵な笑みを浮かべてそう言い合った。

私に仕える騎士として足手まといとは言わせない。その言葉を口にした覚悟を私はちゃんと理解出来るだろうか。

自信がない。でも、自信がないからとは言えない。彼がそうありたいというのなら、私に出来ることは決まっている。

「ガッくん、ナヴルくん。私はここで見てるから、証明してみせてよ」

「ええ、そこで見ていてください」

「必ずや、期待に応えてみせます」

二人の返答を待っていたように、甲高い笛の音が響き渡った。

それは魔物を誘い出すことに成功したことを報せる合図。笛の音を耳にしたガックんとナヴルくんはそれぞれ腰に下げていた剣に手を伸ばす。

ガックんが構えた剣は、やや幅広で厚みがある赤みを帯びた刀身の長剣。鍔には魔石が填め込まれた無骨な印象を受ける。

一方で、ナヴルくんの持っている剣はやや細身の剣だ。刀身は青緑色に染まっていて、弧を描くように歪曲している。そして柄にはガックんの持っている魔剣と同じように魔石が填め込まれている。

それぞれの色や形が二人が持つのにぴったりな印象を与えている。二人は何度か感覚を確かめるように剣を握り直した後、前へと視線を向ける。

「ガーク、いけるな?」

「勿論！　やる気は十分！」

「なら、やるか」

「了解！」

互いの気合いをぶつけるような掛け合い、それと同時に森に入っていた騎士たちが飛び出してきた。その背後から魔物——グレイウルフの群れが追いかけてくる。

パレッティア王国では多数生息している魔物、グレイウルフ。生息範囲が広く、繁殖力も強い。その皮は半端な武器では傷をつけるのも一苦労と言われている。

そんなグレイウルフに追いかけられている騎士たちは汗を滲ませ、時折牽制を加えながらも私たちの方へと駆けてくる。

もう間もなく距離が詰まる、というところで騎士たちが息を上げながら叫んだ。

「お待たせ致しましたッ！」

「後はよろしくお願いしますッ！」

「ナヴル殿、ガーク殿！　討伐、開始！」

『応ッ‼』

ドラグス副団長の指示に、二人は力強く応じて駆け出した。

魔物を誘き寄せてきた騎士たちとすれ違いながら、まずはナヴルくんが前へと出る。

ナヴルくんはそのまま騎士たちを追ってきたグレイウルフの群れの前に立ち、横に薙ぐように剣を振るった。

「——薙ぎ払え」

次の瞬間、風が吹いた。ナヴルくんが振るった剣の軌道をなぞるように風の刃が生み出され、迫ってきたグレイウルフを複数匹纏めて両断する。

更にナヴルくんが踏み込んで剣を振るうと、再び風の刃が休みなく放たれた。

風の刃を繰り出すナヴルくんの姿はいっそ鮮やかで、グレイウルフたちが次々と両断されたり、手足を落とされて転がっていく。

あっという間に大半のグレイウルフを片付け、ナヴルくんは息を吐く間も惜しいというように次の獲物へと向かっていく。

「――人工魔石を内蔵した新型魔剣、〝ヴィント〟。ナヴルくんにはお似合いだね」

ヴィントは人工魔石を用いた魔剣の試作第一号であり、〝エアカッター〟を発動することが出来る魔剣だ。

この魔剣とナヴルくんの相性がとても良かったのだ。

「至極単純な魔法だが……やはりマナ・ブレイドより私の手に馴染むッ！」

背後を取ろうとしたグレイウルフを反転しながら切り捨てるナヴルくん。まるで背中に目でも付いているかのような動きだ。

魔剣に用いる魔法としてエアカッターが選ばれたのは使用感覚がマナ・ブレイドに似ていて、風属性の魔法の中でもシンプルなものだったからだ。

元々、風属性の魔法を得意としていたナヴルくんの手によく馴染んだらしく、ヴィントを手にしてからのナヴルくんの動きのキレがとても良い。

ナヴルくんであればヴィントなしでも同じ動きをすることが出来るけれど、ヴィントが補助の役割を果たしているので魔法の発動速度や威力が段違いなのだ。

マナ・ブレイドを元にしているため、魔力の強弱で自由に大きさや威力をコントロールすることも出来る。

ただ剣を振るうだけで鎌鼬（かまいたち）を放てると考えれば実に有用だ。数を揃（そろ）えて並べるだけで、遠距離攻撃が可能になる。

更に風属性の魔法に適性がないものでもある程度、風の刃を操ることが出来るようになるけれど、これを風属性の魔法を使える者が持つとその価値は更に上がっていく。

その恩恵の結果が、小さな台風になったかのようにグレイウルフを切り捨てていく今のナヴルくんだ。

魔剣によって魔法の発動を任せることが出来るから、自前の魔法で周囲の気配や動きを読んで未来予測じみた反撃を可能としている。

余談ではあるけれど、ヴィントの動作試験の頃からナヴルくんはこの人工魔剣を気に入り、暇があれば手入れをしたり、私に魔道具について質問することが増えてたりする。

「ナヴル様！　一人で全部片付けるつもりですか⁉」

「ふん！　そうもいかんだろう！　次、左右から来るぞ！　私は右だ！」

「じゃあ、左は俺が貰います！」

一足遅れて駆けつけたガッくんにナヴルくんが警告を放った。その警告に従い、ナヴルくんとガッくんが左右に分かれる。

それぞれが向かった先から騎士たちが駆けてきて、その後ろに魔物を引き連れてきている。ナヴルくんが向かった方にはグレイウルフが、ガッくんが向かった方には人の二倍の背丈はありそうなキラーベアが姿を見せた。

「ガークッ！　後は頼んだぞ――ッ！　今日は熊鍋だ――――ッ！」

「先輩ー！　獲物がデカすぎませんか⁉」

「俺もビビってるわ！　早く助けてくれ――――ッ！」

「はいはい、わかりましたよっと」

顔見知りなのか、キラーベアに追いかけられている騎士が全力で駆け抜けながらガッくんに後を託している。

入れ替わるようにガッくんがキラーベアの前に立ち、キラーベアは邪魔だと言わんばかりに吠えながらガッくんへと凶悪な爪を振り下ろす。

まともに受ければそのまま潰されてしまいそうな一撃だ。その一撃はキラーベアの腕が勢いよく回転しながら宙に舞ったことで無力化された。

そして宙を舞った腕だが——思い出したように発火して勢いよく燃え尽きていく。

自分の腕が燃え尽きながら地に落ちたことで、キラーベアは腕を落とされたという事実を認識したように吠えた。

「ガッ……ガァアアアアアアアアアアッ⁉」

痛みによって悶えながらも、その痛みが怒りへと転換されたのか残った腕をガッくんへ叩き付けようとするキラーベア。

一方で、ガッくんはキラーベアが見えていないかのようにブツブツ呟いている。

「……違うんだよ。こうじゃねぇんだよな……もっと、こう、だよな。今なら出来る筈なんだよ。こうか——？」

一度の瞬きの間で、ガッくんは剣を振り上げる動作を終えていた。

ガッくんに振り下ろされようとしていた腕は、もう片方の腕と同じく宙を舞う。今度は発火することはなく、地に落ちた。

ふと、肉の焼ける臭いが鼻を擽った。今、ガッくんが切り落とした腕の断面が焼かれたかのように潰されている。

今度こそ何が起きたかわからないと呆然と立ち尽くすキラーベアに、ガッくんは脱力したような構えから剣を繰り出した。

次の瞬間、ずるりとキラーベアの頭が胴体から離れていく。ころりと転がる頭が地面に落ちると身体もまた、思い出したように倒れていく。

巨体が沈む音が響く中、ガッくんはキラーベアを気にした様子も見せない。

「──よし、こうだな」

「うぉぉお！　ガークを発見！　もう少しだ、全員走れ走れぇっ‼」

ガッくんが満足げに頷くと、再び騎士たちが森の中から駆け抜けてくる。今度はこちらにもグレイウルフだ。

騎士たちがガッくんの横を通り過ぎると、ガッくんが持つ赤い魔剣の刀身が揺らめく。その揺らめきを目で追っていると、ガッくんが動いた。

ガッくんが騎士たちの背を追っていた先頭のグレイウルフを一閃すると、空中で両断されながらもグレイウルフが発火した。

先に進んでいた仲間が両断され、更に発火までするという光景に後続が足を止める。

その隙にガッくんが踏み込み、グレイウルフの間をぬるりとすり抜けるように通り過ぎていき、足を止める。

ガッくんが動きを止めた瞬間、グレイウルフたちが次々と発火しながら倒れていった。

よく見れば、ガッくんの持つ剣は炎にでも突っ込んだかのように赤熱の光を放っている。

先ほどの揺らめきもこれが原因だろう。

現時点ではガッくん専用となっている〝天然の魔石〟を用いた試作魔剣。


「――〝フラムゼーレ〟。絶好調だね、ガッくん」


フィルワッハで私たちに魔石を託した亜人の魔石で作られた魔剣。この魔力が持つ力は、高熱の炎を刀身に纏わせるもの。

その剣で繰り出す一撃はご覧の通り。対象を〝焼き切る〟ことに特化しているこの魔剣はマナ・ブレイドで蓄積されたノウハウをベースにしつつも、切断するという点においては何倍も先に進んでいると言っても過言じゃない。

あの魔石はガッくんにしか反応しないので、それなら剣もガッくんに合わせてトマスが打った渾身(こんしん)の一振り。

フラムゼーレによってガッくんに不足がちだった攻撃力が補えるようになったのが大きい。正直、私でもフレムゼーレを持っているガッくんとはあまり切り結びたくない。

「ガーク！　次、接敵まで三十！　でかいぞ！」

「ナヴル様！　なんで俺にばかりデカいのを当てるんですかねぇ！」

「適材適所だろう！　戻ってきた者たちは体勢を立て直せ！　次に備えろ！」

「人使いが荒いんですよ！」

ナヴルくんはヴィントを手にしたことで、周囲に意識を向ける余裕が生まれて視野が広がった。

ガッくんはフラムゼーレを手にしたことで絶大な攻撃力を誇るようになり、間合いさえ入れれば、並の魔物であれば一撃で屠れるようになった。

その効果がどれだけ大きいのか、目の前の光景だけでも証明出来るだろう。ナヴルくんが魔物を誘き寄せてきた騎士たちのフォローに入り、体勢を立て直させている。

ガッくんは率先して倒すのが難しそうな魔物に向かっていき、ほぼ一閃で首を切り落としている。

剣が炎によって揺らめいているせいもあるだろうけれど、陽炎のように揺らめきながら魔物に向かっていく姿が実に目立っている。

「……強くなったなぁ」

次々と魔物を倒していくガッくんとナヴルくんの背を見ながら、私はそんな呟(つぶや)きを零(こぼ)してしまう。

嬉(うれ)しい筈だ。あの二人が活躍していて、自分の考えた魔剣がその有用性を示しているのだから。

だけど、なんだか落ち着かない。嬉しいと思っている筈なのに、なんだかモヤモヤとした気持ちが胸を満たしている。ざわざわとした違和感が背筋に残り、つい飛び出してしまいたくなる。

「もどかしいですかな、アニスフィア団長」

「ドラグス副団長」

私の背中を軽く叩(たた)いてから、ドラグス副団長はふっと笑って見せた。

視線はすぐに私から戦っている騎士たちへと向けられるけど、穏やかな笑みはそのままだ。その表情から騎士たちを見守っているんだというのがはっきりと伝わってくる。

「……ドラグス副団長は落ち着いていますね」

「歳(とし)の分だけ重ねた経験がありますからな」

「私はダメですね、落ち着かなくて。どうしても飛び出したくなってしまうんです」

「心配なのでしょう？　騎士たちのことが」

「……本当にダメだと思ってるんですよ？」

まるで言い訳をするように私はそう呟いた。

私は本来、王女で、更に言えば今は騎士団長だ。そう簡単に身分が高い者が前線に出るなんておかしいということは常識として知っている。

でも、私は長年王女扱いなんてされてこなかった。冒険者となってあそこに飛び込んでいくのが当たり前だった。そう生きてきた感覚がまだ全然抜けない。

でも、私が思うままに振る舞ってしまえば彼等の役割を奪ってしまうだろう。それを侮辱だと感じさせてしまうかもしれない。だから私は前に出るべきじゃない。

わかっている。わかっている筈なんだ。でも、後ろから見ているのは性に合わない。

「──はっはっはっ！　やはり、お若いですな。アニスフィア団長は」

「……笑うなんて酷い」

「失礼、つい昔の自分を思い出してしまいましてな」

「……昔のドラグス副団長？」

「ティリスを失った後、私も荒れておりましてな」

ドラグス副団長が口にしたティリスという名前につい反応してしまう。

もう亡くなってしまったドラグス副団長の恋人であり、レイニの母親。ヴァンパイアであることを隠しながらパレッティア王国へと渡ってきた人。

ドラグス副団長がレイニを溺愛していることを考えると、彼にとって大事な人だったんだろうと察してしまう。

「本当に色々とありましたよ。一人で無茶を重ねたり、もう仲間を失いたくないと思って無理をして、結果的に仲間を怒らせたりなど。いやぁ、本当に若かった」

「……ドラグス副団長からすれば、私がそんな風に見えるってことですか」

「そうですな。目標、信念、誇り、そういったものを大事にしている大事な友人を、わかっていても尊重出来ずに失敗を繰り返してしまう。私はそうでしたな」

「……耳が痛いですね。やっぱり良くないですよね？」

「良くないですなぁ」

軽い調子でドラグス副団長は笑いながら言った。私はがっくりと肩を落としたくなってしまう。

わかってるんだ。私も魔法や魔道具を優先したくて、それを心配だからって取り上げられたら納得しないから。

そう思っているのに、この気持ちはどうしても自由にならない。

「大事なものを知って、それを失ったり、失いそうになったら手放したくないと執着してしまうものです。執着だと知っていながらも、どうしても手を伸ばしたくなる。自分の手の内に収めて、何からも守ってやりたくなる」

「……わかります」

「だから、私はそのままでいいのだと思いますよ。アニスフィア団長。ワガママで結構なことじゃありませんか」

「え？」

この流れでそう言われると思わなくて、私はドラグス副団長の顔を見上げてしまう。

彼は慈しむような眼差しで私を見つめている。たまに父上が私に向けている時がある視線とよく似ていたせいで、ちょっと動揺してしまう。

「貴方はワガママでいいのですよ、アニスフィア団長。自分がしたいことをすれば良いのです。それが間違っていると、手を出して欲しくないのなら本人に訴えさせれば良い」

「……それでいいんでしょうか？」

「貴方が世界を良い方向に変えようとしていると私は知っていますからね。貴方の理想を快く思わない者もいるでしょうが。それだけ貴方の成そうとしていることは大きいのです。それは時に個人の事情を切り捨てることもあるでしょう」

「でも、別に大義でも何でもないんですよ？　私のワガママじゃないですか……」

「たとえ貴方が些細だと思ってても、貴方が生まれ持った立場や才能が大義のように錯覚させることでしょう。それはどうしようもないんです、アニスフィア団長。貴方が見せる世界が眩しいのですから。……しかし」

ドラグス副団長は声色を変えた。今までは理解を示すように優しかったけれど、最後は声が低くて重い。

「貴方は人であって、神ではないのです。祈ってもいない者を救わなくても良いのです。だから貴方が人を救いたいというのは、貴方のワガママでなければならない。そして、それを拒否する者もまた人なのです。貴方が絶対である必要はない。どうしても絶対を望むなら、それは貴方のエゴなのです。それをどうか忘れないでください」

「……ドラグス副団長は、厳しいね」

思わず額を叩いて、そのまま片手で顔を覆ってしまう。それだけ私にとって厳しい言葉だった。

私の願いを絶対に叶えたいと願うのなら、それは私のワガママでなければならない。

私は神様じゃない。私が叶えたい願いを拒否するのは私と同じ人間であり、互いの立場は対等なんだと。

多分、きっとそういうことだろう。わかっていても、飲み込むにはあまりにも苦い。

「貴方は人の可能性を信じたいのでしょう。だからこそ、それが望まぬ結果になることが耐えられない。だから守りたくなってしまうのでしょう。良い未来であって欲しいと願いながら」

「うーっ、耳が痛い……！」

「優しくもあり、傲慢でもあり、そして幼いですな」

「……でも、信じたいじゃないですか」

「ええ。だから、それは貴方のワガママであることを自覚なさるべきなのです。別にワガママであることが悪い訳ではないのですから」

「……でも、嫌がる人もいるじゃないですか」

「当然です。それが人と付き合っていくということです、アニスフィア団長。そして貴方は自らのワガママを通してしまえるだけの力も立場も、人より多く持ってしまっている。たとえ同じ善を掲げても、貴方の掲げた善の方が大きく見えてしまうでしょう」

「……どうしたら良いと思います？」

「簡単なことです」

まるで子供に言い聞かせるように、ドラグス副団長は穏やかな声で告げる。

「上手に甘えることですね、貴方の甘えを許してくれる人に」

「……それが難しいんじゃないですか」

「だから今、こんなに困っているし、悩んでしまうんですよ。

楽しげに言うドラグス副団長に唇を尖らせてしまう。甘えてみなさい、って言われても素直にそう出来たなら楽だったかもしれない。

わかってる。わかってるけれど、わかりたくないって思ってしまうんだ。

「アニスフィア団長はただ無事に帰ってきてくれ、と願うことすらもワガママだと思いますか？」

「……ドラグス副団長は、思います？」

「伝えなければ応えてくれるどころか届きもしないでしょう。私はその機会を永遠に失っていますから。だから、ずっと後悔し続けます」

「……わかりますよ。でも、重たいって拒否されるのも恐いじゃないですか。結局失ってしまうかもしれない」

「だからこそ上手に甘えてください、ということです。上手に騙された男の経験談なので、是非参考にしてください。まぁ、最後の最後で甘えて貰えませんでしたが、それも参考になるでしょう」

「……ズルいじゃないですか、そんなの」

本当にズルいと思う。そんなことをドラグス副団長に言われたら無視なんて出来ない。

「甘えるのが苦手ですか？」

「……人をどこまでも甘やかしそうな危ない子を知っているので」

「貴方なら溺れませんよ。溺れても助けに来てくれる人もいます」

……否定出来ないから、こんなにも困ってるんですよ。

そう思って唇を尖らせていると、なんだか気が抜けそうな悲鳴が聞こえてきた。

何事かと思って視線をそちらに向けると、森の奥から木をへし折りながらゆっくりと姿を見せる大型のトロールが見えた。

騎士たちがその威容に立ち竦む中、ガッくんとナヴルくんが同時に飛び込んでトロールへと向かっていく。

炎と風の刃がトロールを切りつけるも、表面を切り裂く程度の流血に留まってしまう。

怒りの咆哮を上げながらトロールが二人を殴り飛ばそうと拳を振るうけれど、ナヴルくんは素早く後方へと下がり、ガッくんが紙一重で回避する。

近くに残ったガッくんに狙いを定めたのか、トロールが次々と攻撃を繰り出す。しかしガッくんも負けておらず、紙一重の回避を連発している。

しかし反撃に転ずる余裕はないのか、ガッくんが悲鳴を上げる。

「うぉーっ⁉　ナヴル様、流石にこいつはデカすぎませんか⁉」

「この一帯の主として魔石持ちの存在は予測されていたが、ここまでとはな！」

……倒せないって訳じゃないけれど、今の二人でも時間がかかりそうな相手かな。騎士たちが体勢を立て直せばもっと楽になるだろう。

冷静に相手との戦力差を分析すると、敢えて私が手を出す必要はないだろうという判断になる。でも……。

「……ドラグス副団長」

「なんでしょうか」

「本日の目的は、魔剣の実戦試験です。先ほどまでの戦闘で十分な成果を得ることが出来たと思うんですよ」

「ほう。それで？」

「万が一、いえ、本当に可能性は低いのですが、あのトロールの相手をして魔剣が破損してしまう恐れがあると思うんですよ」

「……それで？」

からかうように微笑みながら、更に先を促すドラグス副団長。

そんな彼を憎たらしいと思いながらも、私は大きく息を吐いてから告げた。

「魔石を含めた有用な素材になりそうな個体です。出来れば損傷が少ない内に仕留めたいので……」

「畏まりました。では、ちゃんと損傷が少ないように仕留めてくださいね？」

笑いを噛み殺すようにドラグス副団長はそう言って、一度咳払いをすると表情が切り替わった。その変化の温度差が酷いと、ちょっと思ってしまった。

「――総員、退避ッ！　アニスフィア団長が仕留める！」

ドラグス副団長の声が響き渡った瞬間、トロールを囲もうとしていた騎士たちが素早く道を空けた。

そしてトロールを押し留めていたガッくんとナヴルくんもまた、互いに弾けるようにトロールから距離を取る。

ドラグス副団長に告げたように素材として損傷を少なくして、万が一を回避するために。

だからこそ、この一撃は必殺でなければいけない。

「――〝真・竜魔心臓〟」

心臓から一気に全身へと魔力を駆け巡らせる。その魔力は手に取ったセレスティアルへと注がれていく身体に巡るドラゴンの魔力によって強化された踏み込みはトロールとの距離を一気に詰める。

必要な力で、必要な分だけ。必要以上に派手にすることはないし、力を見せつけたい訳でもない。ただ誰も怪我をしない内に終わらせたい、それだけだ。

セレスティアルを構えるのと同時に展開した魔力刃がトロールの首へと迫る。この一撃で決めなければ私が手を出す理由がない。

「……あぁ、そうか。理由が必要なら作ればいいんだ」

その理屈を通せるように皆を納得させれば良い。

望みを通すために言葉を重ねて、その言葉に力を持たせるために立場を含めた力を持つこと。そして、力を持つのと同じだけの責任を持つこと。

そのために必要な覚悟。私のワガママを通すための覚悟。一度は逃げてしまったけれど、今だったらきっと――。

――確信と共に繰り出した一撃は、トロールの首を跳ね飛ばした。

エンディング

空が夕焼け色に染まっていく中、森から戻った私たちは空き地に焚き火を灯して宴会を開いていた。

最後に魔石持ちのトロールが出現するというアクシデントがあったけれど、ガッくんのフラムゼーレとナヴルくんのヴィントの実戦試験は無事に成功したと言える。

そのお祝いということで、一人一杯までだけどお酒、そして今日の間引きで得た魔物の肉を大盤振る舞いということでバーベキューを行うことにしたのだ。

大きな怪我をした騎士たちもおらず、日々の作業を頑張ってくれている大工たちも呼んで、飲んで歌っての宴だ。

そんな楽しい宴の最中でふて腐れている男が一人いた。

「あー！　最後であんな大物が出なければなー！」

「ガッくん、酔ってる？」

「一人一杯じゃないですか、酔う程じゃないですよ」

ガッくんは既に飲み干したジョッキを揺らしながら深々と溜息を吐いた。

フラムゼーレの性能は十分証明されて、試験は成功したのにガッくんは落ち込み気味だ。最後の最後でトロールを撃破出来なかったのが尾を引いているらしい。

「はぁ〜〜〜」

「うるさいぞ、折角の宴なのだから盛大な溜息は寄せ」

「そう言うナヴル様も眉間から皺が取れてませんけれど？」

「……そういう日もある」

「毎日じゃないですか」

「うるさい、落ち込んでいるのが自分だけだと思うな。結局、最後の最後でアニスフィア団長の手を煩わせてしまったのだから」

「うーん、あれはナヴルくんたちが危ないからと思った訳じゃないよ？　二人でも十分倒せる相手だったし。万が一、魔剣が壊れるのが怖かっただけなんだ」

「理由はわかりますけど、最後まで自分たちで討伐したかったんですよ……」

不満というには弱々しいけれど、ガッくんは納得がいかないというように呟く。それにナヴルくんは更に眉間の皺を寄せている。

うーん、予想はしてたけど。でも思ったよりは不満そうには見えないかな？

「ごめんって。まだまだこれから機会もあるから、ね？」

「……はぁ。本当に背中が遠い人ですよ、アニス様は」

ジト目で私を見ながらガッくんは深々と溜息を吐く。空になったジョッキに視線を移して、更に切なそうな目で空を見上げる。

「遠いって言うけれど、二人とも魔剣を使いこなしてたよ？」

「そうですね、今回の結果は私も良かったと考えています。ヴィントについては私でなくても喜ぶ騎士は多いでしょう」

ナヴルくんは眉間の皺を緩めて、満足げに息を吐きながらそう言った。

表情が和らいだことでいつもより年相応に見えてしまう。それだけナヴルくんもヴィントが良いものだと思ってくれてることが私には嬉しい。

その一方で、ガッくんは何か考え込むように黙ってしまっている。普段とは逆に思えるような構図に私は首を傾げてしまった。

「ガッくん？」

「あ、いや。俺もフラムゼーレにはとても助けられたと思います。ただ……」

「ただ？」

「なんか、色んなことを考えすぎて整理出来てないんですけど……」

あー、うー、と唸りながらガッくんは必死に思考を纏めようとしているのか、ジョッキを手放して頭を抱えている。

ガッくんが口を開くまでの間、皆で作ったスープに口をつける。これこそ野外で食べる味だよねぇ、と舌鼓を打っていると漸くガッくんが頭を抱えるのを止めた。

「頑張らないといけないな、って気持ちと、これで頑張ったたって言えるのか？　みたいな気持ちと二つあって、何が正しいんだろうなぁ、って感じでして……」

「ふーん……ガッくんは何を頑張るつもりだったの？」

「フラムゼーレを使いこなすことです。アレは本当、俺なんかが持っててていいのかわかんなくなるぐらい凄い剣です」

「確かに、あれ程の火力を得たガークは近寄りがたいからな……」

ガッくんの言葉にナヴルくんがしみじみと頷いている。あれ、下手したら剣まで纏めて焼き切ることも出来そうだから嫌なんだよね。

距離を取るという方法もあるんだけど、遠距離攻撃だとフラムゼーレの火力で無理矢理叩き潰されちゃうから攻め込みにくいんだよ。

「ただ……道具の力で強くなったような気もして、これで頑張ったと言えるのか、みたいな考えも思い浮かんじゃって」

「ガッくんにそれを言われたら私の立場がないんだけど？　私は魔道具がないと魔法が使えないんだよ？」

「それは、そうなんですけど……なら尚更(なおさら)、魔法まで使えるのにこの結果はまだ納得出来ないな、とか。なんかそういうことをぐるぐる考えちゃって」

「気持ちはわかるな。私もヴィントに甘えているような気になる。これが自分の実力なのかと疑ってしまう」

「そう！　そうなんですよ！　流石(さすが)ナヴル様、的確に言葉にしてくれますね！」

「う、うーん……」

「──与えられた道具を使いこなすのも、自分の実力と言えるのではないでしょうか？」

突如聞こえてきた声に、私は耳がおかしくなったのかと疑った。

けれど、これは聞き間違えではない。それだったら尚更信じられない。慌てて振り返ると、そこには思わぬ人が立っていた。

「ユフィ⁉」

「こんばんは、アニス。お疲れ様です」

「お疲れ様です、アニス様」

「レイニまで⁉　どうしてここに⁉」

「お忍びです」

悪戯に成功したと言わんばかりに唇に指を当てて微笑むユフィ。その横で困ったように
レイニが微笑んでいる。

いや、お忍びって！　女王様なのにこんな開拓途中の場所に来るなんて！

私が唖然としていると、慌てた様子でガッくんとナヴルくんが膝を突いた。

「大変失礼致しました、ユフィリア女王陛下」

「楽にしてください、ナヴル。お忍びと言った筈ですよ？」

「いやいや、お忍びって……私にはあれだけ口うるさく言うのに！　護衛は⁉」

「来てますよ？　ほら」

ユフィがあっさりと言うものだから、一体誰だと思いながら視線を向ける。

そこに立っていた人を見て、私は思いっきり噴き出してしまった。えっ、なんでこの人
がここにいるの⁈

「護衛って、スプラウト近衛騎士団長⁉」

「何ぃっ⁉」

「父上⁉」

　私が驚くと、釣られるようにガッくんとナヴルくんも顔を上げた。

　ユフィの後ろには穏やかな笑みを浮かべているスプラウト近衛騎士団長が立っている。

「ナヴル、ガーク。さっきの言葉を聞いていたぞ？　ユフィリア女王陛下の仰る通り、道具によって実力が増したと思うのは錯覚だが、道具によって自分の実力が上がったと思えないのもまた錯覚だということを知るべきだな」

「は、はい……え？　いや、なんでここに⁉」

「ユフィリア女王陛下の護衛だよ。今日はアニスフィア王姉殿下……いや、アニスフィア団長が新型の魔剣の実戦試験をされるという話を聞いてね、是非とも詳しい話を聞こうと思って護衛を買って出たのだよ」

「き、騎士団長ともあろうお方が……！」

「これも近衛騎士団の長として、必要なことだと判断したまでだとも。アニスフィア団長、よろしければ彼等をお借りしても？　魔剣を扱ってみた彼等の話を聞いてみたいので」

「え、えぇ、どうぞ……」

「それは良かった。今後も騎士団長同士、良い付き合いをよろしくお願い致します。それでは」

スプラウト騎士団長は楽しげに笑いながらナヴルくんとガッくんの肩を叩いて、彼等を連れていってしまう。

唖然としていると、レイニがユフィへと一礼をした。

「ユフィリア様、私は父のところに行ってきますね」

「ええ、ゆっくりしていってください」

「ありがとうございます。それじゃあ、ユフィリア様もごゆっくり」

レイニはクスクスと笑いながら、どこか機嫌が良さそうに歩いていく。ドラグス副団長がこっちに勤めているから、会うのも久しぶりだからだろう。

いや、そんなことを考えている場合？　本当にいいの、このお忍びって？　護衛である筈のスプラウト騎士団長がいなくなってるけど⁉

そんなことをぐるぐる考えていると、ふと周囲から人の気配が消えたことに気付く。

も、もしかして……皆、近寄りがたくなって逃げたの⁉

「アニス」

あわあわとしていると、ユフィが腕を絡（から）ませてきた。

くっ、なんか今日は一段と力が強い……！

「ごめんなさい、どうしても会いたくなってしまって」

「笑いながら言わないでよ、絶対に悪いと思ってないでしょ？」

「新しい魔剣の結果について知りたかったのも本心ですよ？　ちゃんと公務です」

「明らかに嘘って丸わかりなのに堂々としすぎでしょ……」

「ふふ……少し一緒に歩きませんか？」

「……甘え方が強引になってきたね、女王陛下？　請われたら断れないですよーだ」

戯けながら言うと、ユフィが甘えるように肩を寄せてきた。本当に強引だね、嫌だとは思わないけどさ。

私は焚き火を中心にして集まっていた人たちの輪から外れるように歩いていく。特にどこかを目指していた訳じゃなかったけれど、ユフィが腕を引くので丘の上の方へと進んでいく。

夕日はもう間もなく沈むだろう。空の色が夜の色に変わるのはもうすぐだ。

風がユフィの髪を靡かせる。ユフィはまだまだ建設途中の町並みを見つめるように足を止めた。

「出来上がるのが早いですね」

「報告書は上げてるでしょ？　やっぱり魔法を使うと出来上がる速度が全然違うね」

「この都市の建設記録は重要な資料となるでしょうね。歴史の転換点、そう呼ばれる日も遠くないと思います」

「……なるとしても、まだ先の話だよ」

「それでも、私たちが生きている間に必ず訪れる未来ですよ。私と貴方（あなた）が絶対にそうするのでしょう？」

「……今日は妙に強気。そんなに甘えたかったの？」

「実は、ここに来るのがちょっと楽しみだったので」

指で自分の髪をつまんでくるくると弄ぶ。その仕草でユフィが本当に照れているのだとわかって、ちょっと驚いてしまった。

そんな子供っぽい仕草をするだなんて思っていなかったし、それを何の心構えもなく見てしまった衝撃が凄い。心臓がドキドキして呼吸が苦しくなる。ユフィから目を離せなくなって、息が止まりそうだ。

「……アニス？」

「急に可愛（かわい）いことしないで。死んじゃうから」

「可愛い……？　それになんで可愛かったら死ぬんですか……？」

「私がいきなりユフィに甘えだしたら、胸が苦しくなると思わない？」

「……体験してみたいので、今度よろしくお願いします」

「やらないから！」

じゃれ合うように言葉を交わす。驚いたけれど、こうしてユフィが来てくれて嬉しいのは誤魔化せない。

互いに笑い合って、絡ませた腕で更に密着するように距離を詰める。

「……実は、ちょっとだけ嫉妬もあったんです」

「嫉妬……？」

「アニスはこの都市にかかりきりで、他にも新しい魔剣を作るって楽しそうにしてましたから。わかっていても、私が優先して貰えないのは……寂しいですよ？」

「ユフィ、誰かに変な助言とかされてない？　さっきから私が凄く苦しくなるようなことしかしてこないんだけど？　正直に打ち明けて欲しい」

「ティルティでしょうか？」

「あの引きこもり、絶対にシメる！」

「冗談ですよ。……多分？」

「なんで多分⁉」

「だって、私が寂しいんです、とか相談したら嫌そうな顔しそうじゃないですか？」

「……一理ある」

ユフィに悪いことを吹き込みそうなティルティだけど、そんな話題をされても嫌そうな顔をするのも想像についてしまって、一体どっちなんだと疑ってしまった。

　頭を悩ませていると、ユフィが喉を鳴らすように笑った。普段はあまり見せないような仕草を連続して出すものだから、心境としては白旗を掲げたいところだ。

「……はぁ〜、う〜〜」

「どうしたんですか？」

「ユフィが可愛くて辛い。どうして全部一緒に出来ないんだろう……？」

　ユフィを抱きしめて、肩口に顔を埋めながら私はぼやいてしまった。

　そんな私の甘えを許すと言わんばかりに抱きしめ返されて、背中をぽんぽんと叩いてくれた。

　ユフィがここにいてくれるということがとにかく嬉しい。嬉しいけれど、離れなきゃいけないのもわかっているから名残惜しくなってしまう。

　本当はここにいちゃいけないんだよ？　本当にわかってるの？　それなのにどうして来ちゃったの？

「……だから、ここに来てみたかったんです」

「ユフィ？」

「ここはアニスの大事な夢の発信地になるんです。貴方にとってとても大事な、夢と願いの始まる場所。私が女王をしているから叶ったことですが、それでも側にいて一緒になんて難しいですからね。だから目に焼き付けておきたかったんです。私自身を納得させるために」

ユフィが私の背中を叩く手を止めて、そのままぎゅっと強く抱きしめてくる。互いの身体を強く抱きしめて、私たちは鼓動の音を聞き合う。互いに気が済むまで抱きしめた後、ユフィがそっと身を離した。

「どうですか？　こうして夢が形になっていく様を見て」

「……ユフィには悪いけれど、凄くワクワクしてる。毎日が楽しいよ」

「そうですか。それなら良かった……」

「でも、ちょっとだけ苦しくなることもあるような……」

「苦しい、ですか？」

ユフィは小首を傾げる。私が寂しいというのが理解出来ないんだろう。

私も、この気持ちを寂しいと当てはめるのが正しいのかはわからないけど……。

「んん……ちょっと、言葉が纏まらないんだけどね」

「はい」

「……権力が欲しい」

「はい？」

「うーん、これは権力と言うのが正しいのかな……」

「もっと具体的に出来ますか？」

「……私がワガママを通すことを、許して貰えるだけの力と成果が欲しい」

少しずつ整理しながら、私は自分の望みの輪郭をなぞっていく。

「私は夢を実現したい。良いか悪いかは人によって異なるだろうけれど、私は素敵なことなんだって思ってる。だから頑張れるんだ」

「はい」

「でも、これは私のワガママであることも忘れちゃいけないような気がしたんだ。だからワガママだと思われても、そのワガママを許して貰えるだけの力が欲しい。何でも、色んなものが欲しくなって、今どうしようもなく堪らないんだ。嬉しくて、楽しくて、でも、苦しくて、辛いのかもしれないって、私の中でいっぱいになってるんだ」

自分の思いを口にしていくと、ふと昔の自分のことを思い出してしまった。

ユフィが王位継承権を手に入れるために精霊契約を果たして、養子になることを望む前まで。私は私自身をも騙す仮面を被っていた。

その仮面の下に溢れてしまいそうな思いを全部押し込んで、抱え込んでいた。

夢に向かって一直線に進んでいた。でも、それは足を止めてしまったら自分が潰れてしまうことを本能的に理解していたから。そんな防衛本能だったのだと今では思う。

今の私は、ちょっとその頃の私に似ている。

昔と違うのは、私を押しつぶそうとしているのが喜びや楽しさという思いだということだ。私は今、とても満たされている。幸せだと胸を張って言える。

「……ずっと幸せでいたいんだ。こんなに幸せだから、ずっと、ずっと幸せがいい」

口にはするけれど、難しいなと思ってしまう。

幸せを維持することは簡単じゃない。時には自分ではどうすることも出来ない流れに巻き込まれることもある。

でも、それでも。この幸せを手放したくないんだ。だから、時折怖くなってしまう。

「……最初は権力が欲しいというから、何事かと思いましたが。アニスはアニスですね」

仕方ない人。そう呟きながらユフィが額にキスを落とした。

ユフィの指が頰に触れると、自分の目に涙の膜が張っていることに気付いた。

「……幸せだと、怖くなるんですよね」

「ユフィも、そう思う？」

「ええ。貴方がここにいてくれるだけで嬉しいのに、嬉しいから怖くなってしまうんです。貴方がいない世界にいつ放り出されるんじゃないかと思うと、想像しただけで消えたくなる時があります」

「絶対にユフィを置いて消えないから」

「わかってます。……お互い、わかってても消せないんですよね」

互いの指を絡ませたまま、額を合わせる。私の息とユフィの息が重なる。

ずっと変わらない永遠のものなんてない。それはライラナを否定した時に纏めて否定したものだから。

だから変えてはいけないものを残し続けるために、私たちは努力を重ねていく。

大事なことだし、諦めるつもりはない。でも、頑張り続けることに疲れてしまう時があるから。どんなに楽しくたって、どんなに幸せだって。

「幸せなまま終わりたいって気持ち……わかっちゃうね」

「……そうですね」

「でも、捨てたくないもんね」

「ええ。まだまだ終わるには早すぎるでしょう」

お互いを支えて、励ますように私たちは言葉を交わす。

ユフィの目を見つめると、そっと距離が近づいた。触れるだけの優しいキス、それなのに胸が満たされていく。

気の迷いに足を取られても、明日も頑張ろうって思えること。それは案外、些細なことなんだろうな。人間って本当に気まぐれな生き物だと思う。

「でも、アニスが権力を意識したのは良いことだと思いますよ。これからしっかりしてくださるなら大歓迎です」

「うっ……ま、前向きに検討します」

「その助けになるかもしれないお話を持ってきたんですよ」

「え？」

「この都市の名前です」

「都市の名前……？」

この話の流れで、何故この新造都市の名前に行くんだろう？　確かに都市の名前を決めていなかったけど……。

訳もわからず首を傾げていると、ユフィは楽しそうに微笑みながら自分の口元に人差し指を持って行く。

「権威というのは、成し遂げた偉業に付いてくるものでしょう？　だからこそ偉業の足跡を人は証として残していく訳です。わかりやすいですよね？」

「う、うん」

「だから、この都市が出来たらそれがアニスの偉業となるでしょう？」

「そういうことになるかな……？」

「貴方が幸せに、そして多くの人から尊敬されるように生きたと証明されるんです。貴方を知った人が、同じように憧れを抱けるように。そのためにわかりやすい名前を考えてきたんですよ。既に賛同も得ているので決定されました」

「はぁ……」

言いたいことがわかるような、まだ釈然としないような……。

それにユフィがなんだかご機嫌なのが気になる。最近、ユフィがご機嫌だと私に災難が降りかかることがある気がするのは気のせいなんだろうか……？

「それでこの都市の名前なのですが」

「うん」

「〝アニスフィア〟です」

「……うん？」

「――〝魔学都市アニスフィア〟。それが、この都市に与えられる名前ですよ」


……ユフィが何を言いたいのか、漸く飲み込めてきた。

飲み込めた瞬間、私は全力で脱力してしまった。色々と込み上げてくるものがあったけれど、その中で一番大きな羞恥心に口を塞がれる。

えっ、この都市の名前、私の名前になるの!?　確かに言わんとすることはわかるけど、
私の名前なの!?　凄く恥ずかしいんだけど!?

「……今からの変更は？」

「どのように説得するつもりで？　もう上層部には承認を頂いた話ですが」

「根回しィ……！」

満足げに微笑んで言うユフィに歯噛みしてしまう。

深々と溜息を吐く。それで羞恥心は大分和らいだけれど、決して消えることはなく私の
胸に残り続ける。

「……でも、そっか」

――〝魔学都市アニスフィア〟。小声で呟いてみても実感はない。

それは、まだこの都市の建設が道半ばだからなのかもしれない。築き上げている途中の

景色に視線を向けて、ぽつりと呟く。

「……ここからどんな景色が広がって、どんな風に見えるのかな」

「楽しみですか？」

「――楽しみだよ、心からね」

名前が残されるってことは、それは私がここで生きて来た証になる。

転生して、前世の記憶を取り戻してからもう十年以上の時が経過している私は厄介ものでしかなかった。この世界を騒がせるだけの存在でしかなかった。

でも、私はこうしてこの地に根を下ろせるのかもしれない。その象徴が、私の名前をつけられた都市だと言うなら……それは多分、本当は心の底から誇るべきことなんだと思う。

ただ、それをすぐに受け止めるのには、もうちょっと時間がかかりそうだった。

「楽しみですね、アニス」

「……うん」

ユフィと並んだまま、未(いま)だ完成し得ぬ都市を眺める。

空には星が綺麗(きれい)に瞬(また)いていた。

あとがき

どうも、鴉ぴえろです。この度は『転生王女と天才令嬢の魔法革命』七巻を手に取って頂き、本当にありがとうございます。

こうして皆様にお届けすることが出来て、胸を撫で下ろしているところでございます。

正直、私自身七巻という巻数まで出して頂けることになって驚いております。

驚きと言えば、この作品がアニメになったこと、そのアニメが好評であったこと、更に七巻と同時にファンブックが出るなど、今年が始まってから驚くことばかりで呆気に取られることもあります。

本当にこの作品を愛してくれる方々がいてくれることで、こうして次のお話をお届けすることが出来ています。心からお礼を伝えたく思っております。

七巻の内容に触れていきますが、本巻は新章開幕なお話と言っても良いでしょう。

魔学都市についてはＷＥＢ版でも触れていた話ではあるのですが、書籍版に合わせて再構築して書きました。

今まで離宮を中心に話が進んでいた転天ですが、遂にアニスが離宮から離れて新天地へと向かい、新しいキャラクターも交えながら人間関係が大きく変化していきました。

この変化はアニスだけではなく、アニスに関わる周囲の人たちにも波及していきます。今回はそんな変化の一端が特に焦点に当てられました。

これまでの積み重ねを経て、アニスが成長してく様を描けたのではないかと思います。新天地に向かうというのは、ある意味でアニスが大きく成長することに合わせた象徴的な意味も含むのではないかとも思います。

今後も広がっていく転天の世界をお届け出来れば、とても幸いでございます。

今巻は王都を離れ、新しい立場に身を置いたアニスが中心に話が進んでいましたが、次はユフィが中心としたお話を考えております。

これまでアニスの視点が中心だったので触れられなかったお話などにも触れていきたいと思っていますので、楽しみにして頂ければと思います。

それでは、次のお話で皆様にお会い出来ることを祈りながら、筆を置かせて頂きます。

鴉ぴえろ

お便りはこちらまで
〒一〇二－八一七七
ファンタジア文庫編集部気付
鴉ぴえろ（様）宛
きさらぎゆり（様）宛

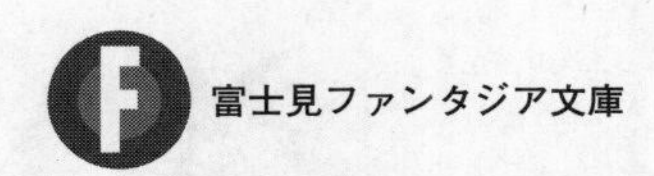

転生王女と天才令嬢の魔法革命7

令和5年7月20日　初版発行

著者——鴉ぴえろ

発行者——山下直久

発　行——株式会社KADOKAWA
〒102-8177
東京都千代田区富士見2-13-3
0570-002-301（ナビダイヤル）

印刷所——株式会社暁印刷

製本所——本間製本株式会社

ISBN978-4-04-075022-4 C0193 ◇◇◇

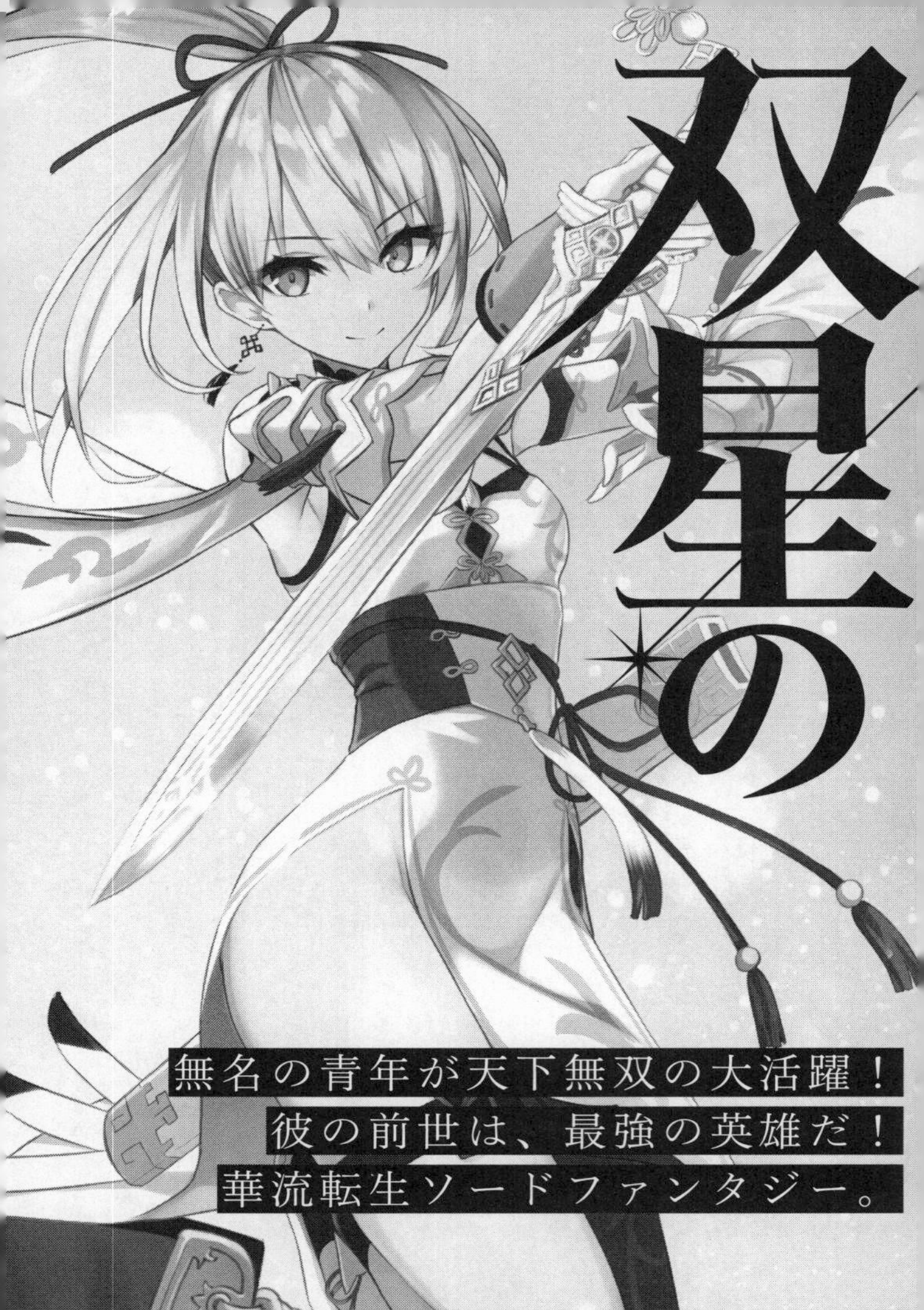
双星の
無名の青年が天下無双の大活躍！
彼の前世は、最強の英雄だ！
華流転生ソードファンタジー。